Elisabeth Steinkellner
Dieser wilde Ozean, den wir Leben nennen

Elisabeth Steinkellner

Dieser wilde Ozean, den wir Leben nennen

Dieses Buch ist erhältlich als:
ISBN 978-3-407-75436-3 Print
ISBN 978-3-407-74681-8 E-Book (EPUB)

© 2018 Beltz & Gelberg
in der Verlagsgruppe Beltz · Weinheim Basel
Werderstraße 10, 69469 Weinheim
Alle Rechte vorbehalten
Lektorat: Eva-Maria Kulka
Neue Rechtschreibung
Umschlaggestaltung: Cornelia Niere
Satz: Nadine Kunde
Druck und Bindung: Beltz Grafische Betriebe, Bad Langensalza
Printed in Germany
1 2 3 4 5   22 21 20 19 18

Weitere Informationen zu unseren Autor_innen und Titeln
finden Sie unter: www.beltz.de

MONTAG,
zweiter Februar

nebelgrau

Wenn die Frau mit dem grauen Mantel sich in den nächsten zwanzig Sekunden umdreht und eine Brille trägt, werde ich ihm heute begegnen.

Er wird in einem Café sitzen, alleine, am kleinsten Tisch im ganzen Lokal, einem Tisch in einer Fensternische. Das letzte Licht des Tages wird durch die Scheibe fallen, ein Licht, das nicht zum Lesen taugt, deshalb wird die kleine Tischlampe dafür sorgen, Helligkeit zu streuen, gerade genug, um über die Seite des Buches zu reichen, in dem er gerade liest.

Es wird eine von Shakespeares späten Tragödien sein.

Es wird der dritte Band eines Future-Fiction-Wälzers sein.

Es wird ein Buch über die schönsten Tauchparadiese der Welt sein.

Den Ellenbogen auf die Tischplatte aufgestützt, den Kopf in eine Hand gelegt, die andere Hand flach über die Buchseiten ausgestreckt. Ein schmaler silberner Ring wird an seinem Daumen stecken.

Mit der Ringhand wird er sich flüchtig eine Haarsträhne hinters Ohr streichen, obwohl das gar nicht notwendig wäre, weil ihm die Strähne ohnehin im nächsten Moment schon wieder in die Stirn fallen wird, aber im Moment des Zurückstreichens wird er kurz hochsehen, ohne bestimmte Absicht, einfach ziellos zum Fenster hinaus.

Und genau in dem Moment werde ich draußen vorübergehen.

Er wird zwei, drei Sekunden brauchen, um mit seinen Gedanken den Sprung von seiner Lektüre weg ins Hier und Jetzt zu schaffen. Den Sprung zu mir.

Aber dann wird er denken: Moment mal, das ist doch ... Und wird kurz zögern, weil er sich nicht sicher ist, wird schnell die Stirn an die Scheibe und die Hände rund um sein Gesicht legen, um die Helligkeit der Tischlampe abzuschirmen und mich, draußen im fahlen Dämmerlicht, dadurch besser erkennen zu können. Wird sich aber immer noch nicht sicher sein. Und trotzdem klopfen. Von innen an die Scheibe.

Und ich werde das Klopfen hören. Es heraushören aus den Geräuschen um mich herum, heraushören aus den Gesprächen und den Automotoren, aus dem Piepen der Supermarktkassen hinter den sich ständig auf- und zuschiebenden Türen, aus dem Poltern ins Schloss fallender Eingangstore und dem Quietschen von Fahrradbremsen. Und obwohl ich nicht wissen werde, ob das Klopfen mir gilt, werde ich stehen bleiben und mit den Augen dem Geräusch folgen, werde dabei über die Schulter nach hinten sehen müssen, hin zu einem Fenster, hinter dem jemand winkt.

Paulus.

Die Stadt ist grau.

Die Häuser sind grau, der Himmel ist grau.

Ich sehe zu meinen Füßen hinunter und zähle die Schritte. Eins, zwei, drei, vier ... fünfundsechzig ... einhundertzwölf ...

Ich steige über Zigarettenstummel und Hundekacke hinweg, über eine leere Energydrink-Dose und einen Haargummi, über einen Parkschein und einen zerschlissenen Kinderhandschuh, aus dem das weiße Innenfutter quillt. Als ich wieder hochsehe, ist alles immer noch genauso grau wie vorher.

»Mann, was ist eigentlich los mit dir?«, hat Lenz gefragt. Das war vor drei Tagen, als ich mein Zeugnis in die Hand gedrückt bekommen habe und einfach keine Lust hatte, auch nur einen einzigen Blick draufzuwerfen. Weil es mich nicht interessiert hat, einfach absolut nicht interessiert. Also hat Lenz mir meine Noten vorgelesen. Die waren durchschnittlich, glaube ich, aber ich habe gar nicht richtig zugehört. Dann hat Lenz gefragt, ob ich am nächsten Tag zu einer Party mitkommen würde. Ich habe mit den Schultern gezuckt und ins Nichts geschaut. Und da hat er es gesagt: »Mann, was ist eigentlich los mit dir?« Und ich hätte ihm keine Antwort geben können. Selbst wenn ich gewollt hätte.

Was ist los mit dir, wenn du keine Ahnung hast, wer du bist oder sein möchtest, welche Zukunftspläne du hast oder was du dir wünschen würdest, käme die berühmte gute Fee vorbei.
    Wenn alle um dich herum reden und du die meiste Zeit schweigst, fast so, als würdest du gar nicht ihre Sprache sprechen.
    Wenn in deinem Kopf der Film ganz anders läuft, an anderen Schauplätzen und mit anderen Dialogen. Die sich richtiger anfühlen. Richtiger als: dich jedes Wochenende in der einzigen Bar im Umkreis von zwanzig Kilometern zu besaufen und dann am Montag in der Schule von nichts anderem zu reden als davon, wie bedient du warst, mit wem du herumgemacht hast und wen du *eigentlich* gern flachgelegt hättest.
    Wenn du viel lieber mit jemandem ans Meer fahren würdest, zum Tauchen vielleicht, um danach am Strand zu sitzen und nichts weiter zu tun, als den sich brechenden Wellen zuzuhören.

Wenn du an den meisten Tagen das Gefühl hast, aus der Zeit gefallen zu sein oder von einem anderen Planeten zu kommen und ein Gehirn zu besitzen, das in jeder Hinsicht anders programmiert ist als das derjenigen, die du kennst.

Erklär das mal jemandem: das Gefühl, ständig an deinem Leben vorbeizuleben, weil der Film einfach nicht stimmt. Das Gefühl, die meiste Zeit konturlos zu sein, wie Nebelschwaden. Oder Dunst.

wässrig

In zehn Schritten zum Glamour-Look der Stars
  Verliebt in den besten Freund?
  Kleine oder große Brüste – worauf Mann wirklich steht

Ich schleudere die Zeitschrift, in der ich gerade gelesen habe, quer durchs Zimmer, sie prallt an der Wand ab und rutscht unter mein Bett. Da kann sie meinetwegen liegen bleiben bis nach meiner Gehirnamputation.

Mein Handy piept.

Ines: *heute um 10 im blue cat?*

Kurz überlege ich, wer am Montag immer auflegt. Vielleicht Marco? Jedenfalls nicht Enno.

sorry, schreib ich, *kann heute leider nicht*

Sie: *du kannst nicht? ach komm ...*

Ich antworte nicht.

Sie, zehn Minuten später: *hallooo ... lebst du noch??*

Die Minestrone zu Mittag war so wässrig, dass ich jetzt schon wieder hungrig bin.

Ich hasse es, wenn Papa kocht.

bohnenbraun

Ein junger Mann im Anzug rempelt mich an, murmelt eine Entschuldigung und will weiter, aber der Mops, den er im Schlepptau hat, bleibt stehen und glotzt mich an. Der Typ zerrt an der Leine und flucht, auf seiner Stirn steht dick und fett *Herrgottnochmal, ich hasse diesen verdammten Köter* geschrieben. Vielleicht Frauchens aktueller Liebhaber, der sich in der ersten Phase der Verliebtheit noch von seiner besten Seite zeigen will und sogar Gassigehen mit dem vierbeinigen Konkurrenten auf sich nimmt? Der Mops ist cool, aber der Anzugtyp nun mal der Boss, er zieht so fest an der Leine, dass der Hund ein kleines Stück auf seinen Pfoten über den nassen Asphalt geschleift wird und schließlich mithopst, mitmopst, um nicht auf die Schnauze zu fallen.

Kurz sehe ich ihnen hinterher, ein seltsames Paar, die beiden, dann springt mein Blick wieder um, und ich scanne weiter die Fenster der Cafés, die Hauseingänge und die Wartehäuschen der Bushaltestellen. Wie auf Autopilot gehe ich durch die Stadt, ohne jeden Plan, nur das Ziel ganz klar vor Augen: Paulus irgendwo erspähen. Und jedes Mal, wenn ich irgendwo braune Locken entdecke, gibt es diesen winzigen Moment. Den zwischen Entdeckung und Enttäuschung. In dem so was wie eine eiskalte Flutwelle über mich hinwegschwappt und mich für ein paar Sekunden unter Wasser drückt.

Mit elf wollte ich Meeresforscher werden. Mir gefiel die Vorstellung, unter Wasser nach noch unbekannten Lebewesen zu suchen. Ich hatte dieses Bild im Kopf, dass ich ganz alleine auf

Tauchgang gehen und mich einfach ziellos durchs Meer treiben lassen würde. Ich dachte, unter Wasser gibt es keine Geräusche. »Im Meer sind die Geräusche nicht im Ohr, sondern ganz tief drinnen im Kopf«, habe ich damals zu meiner Mutter gesagt und die hat mich erstaunt angesehen. Wie sie mich so oft erstaunt angesehen hat. Als würde sie einfach nicht begreifen, wer ich bin. Manchmal umarmt sie mich dann kurz und seufzt. Sie seufzt lautlos und glaubt, ich kriege es nicht mit. Egal. Die Wahrheit ist jedenfalls, dass ich keine Ahnung habe, wie das mit den Geräuschen wirklich ist. Ich war noch nie in meinem Leben tauchen. Noch nicht einmal schnorcheln. Ich war überhaupt noch nie am Meer.

Als die sich ausbreitende Nässe in meinen viel zu leichten und offenbar irgendwo löchrigen Schuhen sich nicht mehr ignorieren lässt, ändert der Autopilot dann doch seine Route und schickt mich zurück. Lotst mich in eine Sackgasse, an deren Ende mich eine heruntergekommene braune Fassade erwartet. In geschwungenen Buchstaben steht *Bohème* darauf, der Schriftzug leuchtet in der Dunkelheit, nur beim mittleren *è* sind die Lämpchen ausgefallen, und wenn man nur flüchtig hinsieht, glaubt man, *Boh ne* zu lesen.

Das Tor ächzt, als ich es öffne. Niemand zu sehen an der Rezeption, aber ich habe den Schlüssel ohnehin eingesteckt. Zwei Stufen auf einmal nehmend, steige ich die vier Stockwerke hinauf bis zu Tür Nummer sechsunddreißig. Mein Zimmer liegt direkt unter dem Dach, es war das billigste, das sie hatten, Klo und Bad sind auf dem Gang. Das Hotel ist klein und ein bisschen schäbig, aber trotzdem gemütlich, und die Bettwäsche hat zwar ein paar Brandlöcher, riecht aber gewaschen und frisch. Ich hätte auch in eine Jugendherberge gehen oder Couchsurfen können, dann hätte ich Geld gespart. Hätte das Zimmer allerdings auch teilen müssen. Und Paulus nicht mitbringen können.

Habe ich denn wirklich geglaubt, ihn mitbringen zu können?

Als ich vom Klo rauskomme, warten zwei Mädchen vor der Tür und schauen mich groß an. Ich habe sie bisher noch nie gesehen, ihre Stimmen aber schon durch die dünnen Wände gehört. Die Mädchen sind offenbar Zwillinge, vielleicht zehn oder elf, an ihren Handgelenken baumeln haufenweise Armbänder in allen möglichen Leuchtfarben, die kenne ich, solche trägt meine kleine Schwester auch. Ich sage »Hi« und die beiden beginnen zu kichern. Als ich den Gang entlang zu meiner Zimmertür gehe, höre ich sie hinter mir flüstern.

In meinem Zimmer ist es schon dunkel, es gibt nur ein winziges Fenster, das kaum Licht hereinfallen lässt, ich öffne es, und sofort strömt kalte Luft herein.

Am Himmel kreisen irgendwelche Vögel. Man kann sie rufen hören, wenn man sich darauf konzentriert, aber sobald man auch nur für einen Moment unkonzentriert ist, werden ihre Stimmen sofort von den Geräuschen der Stadt verschluckt.

Abwasch

Sinjas Gesicht blinkt auf dem Display meines Handys.

Eine Weile ignoriere ich das Klingeln, schließlich hebe ich doch ab.

»Hey, Antonia«, sagt sie.

»Hallo.«
»Na? Wie geht's dir?«
Statt etwas zu erwidern, beginne ich zu husten.
»Also ... du kannst dir ja sicher denken, warum ich anrufe, oder?«
Ich will etwas sagen, aber es kommt kein Ton.
Aus dem Telefon ein Rauschen, wie wenn jemand Wasser in ein Spülbecken lässt.
»Wollen wir uns morgen treffen?«, fragt sie. »Im Stadtpark, beim Tempel?«
Mir steckt etwas Großes im Hals, das sich nicht hinunterschlucken lässt.
Ich nicke ins Telefon.
Sie scheint es gehört zu haben. Sinja eben.
»Am Vormittag, so um elf?«, schlägt sie vor.
»Okay«, krächze ich, »also bis morgen.« Und lege auf.

tintenschwarz

Ich blättere in der Zeitung, die ich heute Morgen von der Straße aufgelesen habe. Irgendein Lokalblatt. Eine aus dem fünften Stock gesprungene Katze, ein geknackter Zigarettenautomat, ein neu eröffnetes Seniorenwohnheim, Weltbewegendes eben. Schließlich lande ich bei den Kinoanzeigen, studiere Titel und Anfangszeiten und entscheide mich spontan für einen Film, von dem ich noch nie gehört habe. Um halb neun im *Arthouse*-Kino. Das klingt gut. Das klingt nach Paulus.

Ich schlage die Zeitung zu und stelle mich ans Fenster. Gegenüber ist ein Hochhaus, die Zimmer sind von Neonlicht geflutet, wahrscheinlich alles Büroräume. Ich kann direkt auf deren Terrasse schauen.

Wenn in den nächsten zehn Minuten jemand rauskommt, um Luft zu schnappen oder eine zu rauchen, wird Paulus heute Abend im Kino sein. Selbe Uhrzeit, selber Film. Er wird sich reinschleichen, wenn es schon dunkel ist, wenn die Werbung und die Filmvorschauen vorbei sind und der Film gerade begonnen hat. Er wird sich auf den Platz schräg hinter mir setzen und seine Jacke auf den freien Sitz neben sich legen.
Es wird ein rot-blau gestreifter Retro-Anorak sein.
Es wird eine gestrickte Alpakajacke aus dem Weltladen sein.
Es wird ein schwarzer Ledermantel sein.
Dann wird er seine Brille, die er immer nur ins Kino oder Theater mitnimmt, kurz mit dem Stoff seines T-Shirts putzen, sie sich aufsetzen, den Blick auf die Leinwand richten wollen – und dabei mit den Augen an mir hängen bleiben. Das gibt's doch nicht! Er wird sich zur Seite lehnen, um mein Gesicht besser sehen zu können, und dann, wenn er sicher ist, dass das wirklich *ich* bin, wird er sich kurzerhand so weit nach vorne beugen, bis sein Kinn beinahe auf meiner Schulter liegt. Und mir ins Ohr flüstern: Weißt du noch, diese verdammte kaputte Klimaanlage im Zug?

Meine Mutter raucht nur sonntags. Sie sitzt dann den ganzen Vormittag in ihrem Morgenmantel in der Küche, trinkt Kaffee, hört Radio und raucht lange, dünne Zigaretten. Dabei sieht sie mit diesem besonderen Blick zum Fenster hinaus. Diesem Blick mit dem Traumschleier. Als wüsste sie nicht, ob sie schon wach ist oder noch träumt. Als ich gestern mit meinem gepackten Rucksack in der Küchentür stand und verkündete: »Ich fahr für ein paar Tage weg«, sah mein Vater von seiner Zeitung hoch und zuerst mich, dann meine Mutter verständnislos an. Die hatte gerade die Tasse zum Mund geführt, die Lippen schon an den Rand gelegt, und hielt mitten in der Bewegung inne. »Wohin?«, fragte sie und der Traumschleier lichtete sich abrupt. Ich sagte: »Mal schauen.« Mein Vater zog die Stirn in Falten, aber bevor er etwas einwenden konnte, meinte ich: »Ich bin fast siebzehn und es sind Ferien. Ich kann ja wohl mal ein paar Tage lang einfach in der Gegend herumfahren.« »Sicher kannst du das«, sagte er schließlich und klang dabei ein wenig überrumpelt, aber dennoch gefasst, und dann sagte er noch: »Viel Spaß.« Vielleicht war er froh, dass sein Sohn endlich mal was tat, das Jungs in meinem Alter eben so tun, herumfahren und Abenteuer erleben, die Welt erobern, was ganz Normales halt. Meine Mutter machte große Augen, mit denen blickte sie zwischen mir und meinem Vater hin und her. Der setzte seine Der-Junge-wird-schon-wissen-was-er-tut-Miene auf, und meine Mutter stellte ihre Tasse zurück auf den Tisch, ohne daraus getrunken zu haben, erhob sich, kam zu mir und umarmte mich. Viel zu lange und melodramatisch. Sie roch nach einem typischen Sonntagmorgen. »Melde dich«, bat sie, und ich konnte spüren, dass mein überraschender Aufbruch sie beide gewaltig durcheinanderbrachte.

Tränen

Mama steckt den Kopf in mein Zimmer. »Bist du so lieb und besorgst noch Milch, bevor die Geschäfte zumachen?«

Ich sehe nicht vom Bildschirm meines Laptops hoch.

»Hallo! Antonia!«, ruft sie. »Tauchst du mal kurz auf?«

Als Quasi-Antwort ein unbestimmtes Kopfwiegen meinerseits.

Mama seufzt. Kommt ins Zimmer und setzt sich auf den Rand meines Bettes. »Bitte. Ich muss noch mal in die Praxis, um sieben kommt die Mütterrunde zur Beratung.«

Bin leider gerade sehr beschäftigt, muss nämlich Postings checken, die mich eigentlich genau null interessieren.

Ich spüre Mamas Blick auf mir. Wenn sie mich so ansieht, mit diesem Gemisch aus Mitgefühl und Ratlosigkeit, da könnte ich kotzen.

»Ist es wegen morgen? Du weißt ja, dass morgen ...«

»Ich weiß, welcher Tag morgen ist«, fahre ich sie an.

Sie schweigt. Beginnt nach einer Weile wieder: »Weißt du, Papa und ich haben uns überlegt ...«

Mir ist nach Finger in die Ohren und lalalala.

»... also natürlich wollen wir dir die Schonfrist geben, die du brauchst, aber glaubst du nicht ...«

»Schonfrist?«

Jetzt brülle ich.

»So nennst du das also? Und du und Papa, ihr seid also wieder voll auf der Häppi-peppi-und-juhu-das-Leben-geht-doch-weiter-Schiene? Hat euch ja ganz schön gut hingebogen, eure Psycho-Tante.«

Mir ist klar, dass ich sie damit zum Weinen bringe. Wie auf Knopfdruck. Sie schluchzt lautlos in die aufgewirbelte Wut hinein.

Ich weiß, dass ich nicht fair bin. Weil wir natürlich alle kämpfen, jeder auf seine Weise. Trotzdem beruhigt es mich irgendwie, ihre Fassade einstürzen zu sehen. Ungerührt starre ich auf meinen Bildschirm, während sie sich die Tränen von den Wangen wischt.

Schließlich steht sie auf und verlässt mein Zimmer. Schlägt die Tür nicht zu, lässt sie nicht vorwurfsvoll offen stehen, sondern schließt sie einfach ganz normal.

Ich logge mich aus und ziehe die Vorhänge vors Fenster, draußen ist es dunkel. Dann lasse ich mich auf mein Bett fallen und schließe die Augen.

Piep.

Schwerfällig angle ich nach meinem Telefon.

ich spring am abend für marco ein, kommst du vorbei? schön war das übrigens, in der früh von dir geweckt zu werden ...

Heute früh. Ein angenehmes Kribbeln breitet sich in meinem Körper aus. Obwohl früh gar nicht stimmt, es war schon halb elf, als ich an sein Fenster geklopft habe, aber Enno kann problemlos bis drei am Nachmittag schlafen, also muss es sich für ihn richtig morgendlich angefühlt haben.

Die Haustür fällt ins Schloss und meine Gedanken kehren schlagartig zu Mama zurück. Bin gespannt, wann sie mich endgültig satthat und mal so richtig anschreit. Mich vielleicht sogar rauswirft.

In Wahrheit weiß ich, dass sie das nie, nie, nie tun würde.

Kann ich also für alle Ewigkeit so gemein zu ihr sein.

bonbonbunt

Die Rezeptionistin lutscht ständig Bonbons, ich habe sie bis jetzt noch nie ohne Bonbon im Mund gesehen. Die Bonbons stehen in einem Glas auf dem Tresen, wahrscheinlich greift sie ohne nachzudenken ständig hinein. Sie heißt Vero, das hat sie mir schon gestern verraten und erklärt, dass ich mich jederzeit an sie wenden könne, egal, worum es geht, Tag und Nacht. Falls ich einen Fön brauche oder eine Flasche Wasser. Oder nachts nicht schlafen könne und quatschen wolle. Sie war echt cool und hat einfach so getan, als wäre alles ganz normal, obwohl ich mich angestellt habe wie der erste Mensch, gestern Nachmittag bei meiner Ankunft:

»Ich, äh, suche ein Zimmer, haben Sie vielleicht eines frei?«
»Einzelzimmer?«
»Äh, na ja, also, vielleicht bringe ich ... äh ... ja, doch. Einzelzimmer.«
»Sicher?«
»Definitiv, ja. Und das billigste, das Sie haben, wenn's geht.«
»Okay. Deinen Pass bräuchte ich dann noch.«
»Pass, äh ... Ach so, ja, das ist jetzt blöd, weil den hab ich gar nicht mit ...«
»Hm ... Du bist doch schon achtzehn, oder?«
»Ähm, nein, sechzehn. Fast siebzehn.«
»Aha. Also achtzehn.«

War ja das erste Mal, dass ich alleine in einem Hotel eingecheckt habe.

Ich höre schon aus fünf Metern Entfernung, wie sie krachend auf das Bonbon beißt. Als ich an ihr vorbeigehe, sieht sie hoch.
»Ah, hallo, Simon, gehst du weg?«
Ich nicke, stehe dann ein wenig unschlüssig vor ihr. Sie trägt große rote Ohrringe in Form von Kirschen und erinnert mich auch sonst irgendwie an Obst. Vielleicht, weil sie ihre Lippen himbeerrot bemalt hat, kiwigrüne Armreifen und bananengelben Nagellack trägt und irgendwie sehr fröhlich wirkt.
Sie lächelt. »Schlüssel?«
Ich ziehe die Augenbrauen hoch und tue ahnungslos. »Hm?«
»Den Schlüssel musst du immer bei mir abgeben, wenn du gehst«, erklärt sie. »Und wenn du zurückkommst, holst du ihn dir wieder von mir, die Rezeption ist rund um die Uhr besetzt.«
»Ach so ... ja«, murmle ich, fasse an meine Jackentasche und zögere.
Sie lächelt mich an, scheint schließlich mein Zögern zu bemerken.
»Oder willst du ihn etwa mitnehmen?«
Mit schiefem Grinsen ziehe ich die Schultern hoch, sie mustert mich kurz mit neugierigem Blick.
»Okay«, meint sie dann gut gelaunt, »wenn es dir so wichtig ist, den Klunker mit dir herumzuschleppen ...«
Der Schlüssel ist tatsächlich ein riesiges Teil, also nicht der Schlüssel an sich, nur der schwere, runde Messinganhänger, der an ihm baumelt.
»Aber offiziell hast du diese Erlaubnis nie von mir bekommen, okay?«
Sie lächelt verschwörerisch.
Mein Versuch, ebenso verschwörerisch dreinzuschauen, geht

offenbar schief, denn ihr platzt ein Lachen heraus. Wahrscheinlich war mein Blick eher der eines unterbelichteten Geheimagenten in so einem CIA-Verarsche-Film. Mit rotem Kopf wende ich mich zum Gehen, aber da fragt sie noch: »Sag mal, was treibst du denn eigentlich so die ganze Zeit hier?«

»Ähm ...«, beginne ich.

Vollkommen überrumpelt von der Frage.

»Na ja, ich ... sehe mir die Stadt an?« Als hätte sie mir eine Quizfrage gestellt.

»Schon klar, aber was hast du denn bis jetzt gesehen?«

Darauf weiß ich nun wirklich nichts zu sagen. Keine Ahnung, was es hier zu sehen gibt, ich habe bisher nicht einen einzigen Gedanken an Sehenswürdigkeiten, Museen, einen Dom oder irgend so ein Zeug verschwendet. Bin einfach durch die Straßen gestreunt. Suchend. Schauend. Hoffend. Das war's.

»Noch nicht viel. Hast du vielleicht Tipps?« Gut gerettet.

»Was interessiert dich denn? Museen? Oder mehr das Nachtleben?« Sie grinst.

Ich zucke mit den Schultern. »Alles.«

Sie greift unter den Tresen und fischt etwas hervor, faltet dann einen kleinen Stadtplan vor mir auseinander.

»Also, wenn du meine persönlichen Tipps hören willst: Der Teich am Rosenhügel ist gerade zugefroren, da kann man super eislaufen.«

Mit einem Kugelschreiber malt sie ein kleines Kreuz auf den Plan.

»Obwohl ...« Sie zögert. »Da bräuchtest du Schlittschuhe, dort gibt's nämlich keinen Verleih.«

Sie scheint zu überlegen, wie ich an Schuhe kommen könnte,

aber ich schüttle schnell den Kopf und behaupte, dass eislaufen eh nicht so mein Fall sei.

»Okay.« Sie wendet sich wieder dem Plan zu und macht ein weiteres Kreuz darauf. »In der Sengerstraße, der *Blaue Pfau*. Ist mein Lieblingscafé. Und in der Mensa an der Uni bekommst du ein Mittagessen für sechs Euro.« Auch das zeichnet sie mir ein.

In meinem Kopf fällt plötzlich ein Groschen: Natürlich, die Uni! Wieso ist mir das nicht früher eingefallen? Was war es bloß, das Paulus studiert? Geschichte? Geografie? Kunst?

»Gibt es hier nur *eine* Uni?«, erkundige ich mich und versuche, es möglichst beiläufig klingen zu lassen.

»Ja«, erklärt Vero, »es ist ja nur eine kleine Stadt.«

Sie faltet den Plan zusammen und händigt ihn mir aus.

Ob Vero Paulus wohl kennt? Vielleicht studieren die beiden ja zufällig zusammen?

»Wohnst du schon länger hier?«, frage ich vorsichtig.

Vero nickt. »Seit sechs Jahren. Aber nicht mehr lange. Vor dem Sommer will ich mein Studium beenden und dann ziehe ich zu meinem Freund nach Spanien.«

»Spanien. Cool.«

»Ooh ja!« Sie strahlt.

Ich wende mich zum Gehen. »Ich will ins Kino.«

»Okay, viel Spaß«, ruft sie mir hinterher und winkt.

Draußen weht ein eisiger Wind, ich zippe meine Jacke zu.

Wenn Vero ihr Studium schon bald beendet, ist sie auf jeden Fall ein paar Jahre älter als Paulus. Also kennt sie ihn wahrscheinlich nicht. Mist.

Seifenwasser

Ich trödle so lange herum, bis alle Geschäfte zugemacht haben und mir nur noch der Supermarkt am Bahnhof bleibt, der bis halb neun offen hat. Ich nehme das Fahrrad, sonst macht auch der mir noch vor der Nase zu. Die Kälte sticht schon nach kurzer Zeit wie Nadeln in meine Haut und die Handschuhe liegen zu Hause. Na toll.

Als ich ankomme, muss ich meine Finger kurz mit heißem Atem auftauen, damit ich sie überhaupt bewegen und das Rad abschließen kann.

Drinnen hüllt mich warme Luft ein. Es riecht nach Seife, weil dieser lächerliche Putzwagen, der mich immer an einen fahrbaren Rasenmäher erinnert, unterwegs ist. Auf diesem Ding sitzen immer nur die männlichen Angestellten, noch nie habe ich eine Frau damit herumkurven gesehen. Ich latsche absichtlich durch die nasse Putzspur und verziere sie mit ein paar schmutzig braunen Abdrücken meines Profils, so kann sich der Typ auf dem Gefährt noch ein bisschen länger seinem Testosteronrausch hingeben.

Als ich am Knabbergebäck-Regal vorbeikomme, greife ich kurzerhand nach zwei Packungen Chips. Einmal Paprika, einmal Meersalz. Erst als die Kassiererin »Sechs Euro zwanzig« verlangt, merke ich, dass ich nur einen Fünfer einstecken habe. Für einen Moment überlege ich, ob ich die Milch dalassen soll. Dann entscheide ich mich widerwillig für die Paprika-Chips.

Auf dem Rückweg fahre ich Umwege, vorbei am *Blue Cat*. Durch die Scheibe sehe ich Enno an den Plattentellern und bremse ab.

Reingehen? Aber die Milch muss schließlich heim. Und wenn Enno auflegt, hat er eh kaum Zeit für mich. Und auf irgendjemanden sonst habe ich heute keine Lust, nicht mal auf Ines.

Ich hieve mich zurück in den Sattel.

Also *Fluch der Karibik* um 21:05 Uhr.

plüschrot

Der Saal ist fast leer, nur da und dort lugen ein paar Hinterköpfe über die Lehnen. Ich schaffe es kaum, still zu sitzen und mich nicht ständig nach allen Seiten umzusehen. Nach der Werbung gehen die Lichter aus und die Trailershow beginnt.

Niemand betritt mehr den Saal.

Filmstart.

Die Minuten verstreichen und die Enttäuschung löst die Nervosität ab. Mein Puls wird langsamer.

Das war's dann. Kein Kinn, das sich von hinten auf meine Schulter legt, kein Flüstern an meinem Ohr.

Lustlos starre ich auf die Leinwand. Ich weiß jetzt schon, dass der Film schlecht sein wird.

Ich rutsche tiefer in meinen Sitz und lasse mich von den Bildern und Geräuschen berieseln, ohne wirklich da zu sein.

Seeräuber

»Johnny Depp?«, fragt Mama.

Wie alt muss der eigentlich schon sein, wenn sogar Mama ihn kennt?

Bitte, bitte setz dich jetzt nicht zu mir.

»Kann ich mitschauen?«

Nein, verdammt.

Sie lässt sich neben mich in die Couch sinken, immerhin mit etwas Abstand, greift ungefragt in die Chipstüte zwischen uns und fasst sich eine ganze Ladung heraus. Ich verkneife mir zu erwähnen, dass das *meine* Chips sind. Und dass es sich für eine Ernährungsberaterin eigentlich nicht gehört, so herzhaft Chips zu mampfen.

Eine Weile schauen wir zusammen fern.

Jack Sparrow ist völlig durchgeknallt, aber ziemlich cool.

»Dieser Sparrow ist cool«, kommentiert Mama und grinst.

Mann. In diesem Augenblick hat er massiv an Coolness eingebüßt.

»Danke für die Milch, Antonia«, sagt sie dann sanft und sieht mich von der Seite an.

Ich nicke, ohne zu ihr zu schauen.

War ja klar, dass sie keine Sekunde lang an diesem Film interessiert war. Sondern Frieden schließen wollte.

Wozu auch streiten.

Wir sind ohnehin mit demselben Schiff untergegangen.

schneeweiß

Irgendwann muss ich eingeschlafen sein, denn der Filmvorführer weckt mich und schickt mich hinaus in die eiskalte Nacht.

Mein Atem bildet dichte Rauchwolken, ein wenig benommen vergrabe ich die Hände in den Taschen meines Parkas und stapfe los.

Wenn es zu schneien beginnt, bevor ich das Hotel erreicht habe, wird Paulus plötzlich um eine Ecke biegen und fast in mich hineinlaufen. Im Licht einer Straßenlaterne werden wir uns ins Gesicht sehen und einander erkennen. Hi, wird er sagen und ganz überrascht sein. Und ich werde ebenfalls überrascht tun, als hätte ich gar nicht daran gedacht, ihm hier womöglich zu begegnen. Werde erklären, dass ich einfach ein paar Tage wegfahren wollte, Ferien und so, ein paar Städte abklappern, in denen ich noch nie war. Und dann werde ich etwas Witziges sagen, obwohl mir sonst meist nichts Witziges einfällt, aber diesmal wird es klappen, und Paulus wird darüber lachen. Und mich auf ein Bier zu sich einladen. Klar, wenn ich schon mal in der Stadt bin. Und ich werde sagen: Okay, warum nicht.

In seiner Wohnung wird es nach kalter Asche riechen, denn Paulus raucht ziemlich viel.

In seiner Wohnung wird es nach angebrannten Zwiebeln riechen, weil er sich zu Mittag ein Omelett gebraten hat.

In seiner Wohnung wird es nach ihm riechen, einer Mischung aus seinem Rasierschaum, seinem Schweiß und dem Geruch seiner Möbel.

Ich werde durch die Zimmer gehen, überall werden Fotos an den Wänden kleben und plötzlich werde ich *mich* auf einem dieser Fotos erkennen. Und das Bild wird genau so aussehen, wie ich es mir immer vorgestellt habe. Mein Lachen wird echt und ausgelassen sein, statt unsicher und verkniffen.

Und da wird Paulus plötzlich hinter mir stehen, so dicht, dass unsere T-Shirts aneinanderstreifen, und fragen: Woran erinnerst du dich gerade?

An einem Imbissstand kaufe ich mir einen Kebab mit extraviel Chilisoße. Esse ihn nicht wie sonst im Gehen, sondern lasse mich bei der Bushaltestelle gegenüber auf einem Sitzplatz nieder.

Um Zeit zu schinden. Zeit, in der es zu schneien beginnen könnte.

Um diese Uhrzeit sind nur noch vereinzelt Leute unterwegs, wahrscheinlich fährt auch kein Bus mehr hier vorbei. Die Chilischärfe brennt auf meiner Zunge und in meinem Rachen, gierig sauge ich die kalte Luft ein, um das Brennen zu verscheuchen.

Als der Kebab weg ist, bleibe ich weiter da hocken.

Erst als ich bemerke, dass mich der Imbissverkäufer misstrauisch mustert, stehe ich auf und trabe zurück zum Hotel.

Vero sitzt in dem kleinen Zimmer hinter dem Rezeptionsbereich und liest. Als ich an ihr vorbeikomme, sieht sie hoch.

»Und, wie war's?«

»Geht so.« Schulterzucken.

Sie lächelt mich abwartend an.

Ich könnte mich jetzt wie ein normaler Mensch verhalten und ihr erzählen, worum es in dem Film gegangen ist, zumindest soweit ich es mitbekommen habe. Oder sie einfach geradeheraus fragen, ob sie Paulus kennt. Oder ihr erklären, was für ein unglaublicher Idiot ich bin und wie bescheuert die Idee doch war, in diese Stadt zu kommen und auf eine Begegnung zu hoffen, die jeder Wahrscheinlichkeitsrechnung widerspricht.

Aber anstatt irgendwas davon zu sagen, lächle ich nur kurz und murmle: »Ich geh dann ins Bett, gute Nacht.«

»Gute Nacht!« Ihre Stimme klingt fröhlich wie immer.

Keine Ahnung, warum ich so bin. Warum ich meinen Schlüssel lieber mitnehme, anstatt ihn abzugeben, nur, um nicht jedes Mal, wenn ich gehe oder komme, mit Vero reden zu müssen. Dabei ist sie absolut nett, ich weiß selber nicht, warum ich immer das Gefühl habe, dass mir die richtigen Worte fehlen. Schon immer gefehlt haben, solange ich denken kann.

Ein Fisch im Meer müsste man sein. Da fände niemand was dabei, wenn man nicht spricht.

Ich schließe meine Zimmertür hinter mir, streife die nassen Schuhe ab und werfe den Parka über die Lehne des abgewetzten Polstersessels. Lege mich aufs Bett und schaue an die Decke.

Woran erinnerst du dich, Paulus?

Erinnerst du dich überhaupt? An mich?

Und ich? Woran erinnere ich mich?

Daran, wie du in der Schiebetür stehst.

An die braunen, zusammengebundenen Locken.

An deinen fragenden Blick – *Ist hier noch frei?* – und mein Nicken.

An das Datum: 21. August.

An die Temperatur: gefühlte 50 Grad in unserem Sechssitzeabteil, besetzt nur von uns beiden.

An die Zugnummer – aus dem einzigen Grund, weil sie mein Geburtsdatum war: 2804.

An den großen Rucksack, an dem ein Oktopusanhänger baumelt, und an deine Schuhe (abgetreten und ausgelatscht).

An den schmalen silbernen Ring an deinem Daumen.

An die Kopfhörer, die aus deiner Hosentasche hängen. Weiß. Billigstversion, wahrscheinlich ein Werbegeschenk.

Daran, wie du dich vorstellst, mit deiner dunklen, festen Stimme: Paulus.

Und wie ich erwidere, mit meiner viel brüchigeren Stimme: Simon.

An die rissige Haut um deinen Daumennagel, die mir auffällt, als du mir einen der beiden Ohrstöpsel hinhältst.

An den Beat. Und an meinen Herzschlag, der dem Rhythmus des Songs immer vorausgaloppiert.

An den Geruch des Sandwichs, das du dir kaufst, als der Typ mit dem Bordservice-Wagen bei uns vorbeikommt (Salami).

An die Kamera, mit der du beim Tauchen Unterwasseraufnahmen machen willst. Eine *Fisheye Submarine* (nie zuvor gehört, aber so getan, als ob).

Wie du sie mir vors Gesicht hältst und *Calamariiiii!* rufst.

An meinen direkten Blick in die Linse, obwohl ich direkte Blicke sonst möglichst vermeide.

Das sind die Fakten.

Alles andere: verzerrte Wahrnehmung, irgendwo zwischen Hoffnung und Illusion. Gefärbte Erinnerung.

Die Möwe im Fenster, war sie wirklich da?

schweißnass

Mein T-Shirt klebt an mir, der Kopfpolster ist feucht.

Hoffentlich habe ich nicht geschrien.

Wie automatisch drehe ich den Polster auf die Rückseite, ziehe im Liegen das Shirt über den Kopf und schiebe es aus dem Bett hinaus.

Mir fällt ein, dass ich Enno nicht geantwortet habe.

Zu einem weiteren Gedanken ist mein Hirn nicht fähig.
Ich mache die Augen wieder zu und wünsche mir einen neuen Traum.
Zur Abwechslung vielleicht mal irgendwas Schönes.

DIENSTAG,
dritter Februar

komparsenrosa

In einer Bäckerei kaufe ich mir ein Croissant und frühstücke im Gehen. Die Sonne scheint, der Himmel ist wolkenlos, die Welt und die Menschen scheinen wie verwandelt – grüßen sich, halten einander Türen auf, bedanken sich höflich, geben Auskunft über die Uhrzeit, stehen und rauchen in aller Ruhe, schlendern eingehakt im Gleichschritt mit Freundinnen.

Will ich Teil dieses Films sein? Die Häuser sind Kulissen, die Komparsen ausstaffiert mit fröhlichen Gesichtern und rosa Wangen. Während ich an dem Schauspiel vorübergehe, piept es in meiner Hosentasche. Vielleicht eine Anweisung des Regisseurs: Lächeln gefälligst!

Aber die Nachricht kommt von meiner kleinen Schwester:

Hallo Simon was machst du gerade? Mama hat gesagt du wohnst in einem Hotel. Schläfst du in einem Himmelbett? Please write soon.

Kurz überkommt mich ein sentimentaler Anflug von Heimweh. Ich kann mir meine neunjährige Schwester bildlich vorstellen, wie sie vor ihrer Müslischale sitzt und mit zappelnden Beinen darauf wartet, dass ich ihr antworte, während meine Mutter im Hintergrund darauf drängt, ihr Telefon wiederzukriegen. Aber ich weiß, meine Schwester wird es nicht freigeben, bevor sie etwas von mir gehört hat. Also tippe ich:

nein, leider kein himmelbett, aber trotzdem gemütlich! du fehlst mir schon – ein bisschen;-)

Zehn Sekunden später:

du mir noch KEIN bisschen!!:-)

Bei Lenz habe ich mich nicht mehr gemeldet, seit er mir vor vier Tagen meine Noten vorgelesen hat. Er weiß, dass ich weg bin, weil unsere kleinen Schwestern befreundet sind und dafür sorgen, dass sich jede Neuigkeit wie ein Lauffeuer verbreitet. Zwischen mir und meiner Schwester liegen sieben Jahre, bei Lenz quetschen sich in die sieben Jahre noch zwei Brüder mit hinein. Er wird ständig eingeteilt, irgendeines seiner jüngeren Geschwister irgendwohin zu bringen, von irgendwo abzuholen oder zum Hausaufgabenmachen zu motivieren. Dass Lenz den Spagat schafft, ein toller großer Bruder und trotzdem ein lässiger Typ zu sein, grenzt fast an ein Wunder.

man sollte einen shitstorm loslassen auf einen wie dich, der seinem besten freund einfach verschweigt, dass er weggefahren ist. du hast glück, dass ich so edel, hilfreich und gut bin und dir stattdessen nur einen weisen ratschlag gebe: wo auch immer du dich rumtreibst – carpe diem!

Lenz. Mein bester Freund. Mein einziger Freund, eigentlich. Der sich daran gewöhnt hat, dass ich nicht viel rede, und das okay findet. Der mit mir abhängt, obwohl er einer der beliebtesten Typen der Klasse ist. Vielleicht sollte ich bei nächster Gelegenheit mal sagen: Danke, Lenz, dass du mein Freund bist. Aber wahrscheinlich würde er mir dann seinen Arm um die Schultern legen, die Stirn in tiefe Falten ziehen und antworten: Okay, Simon, jetzt bist du also völlig durchgedreht.

Poseidon

Beinahe hätte ich sie nicht erkannt, wegen der Haare.

Sie sitzt auf den Stufen des Tempels, genau zwischen Athene und Poseidon. Absichtlich natürlich.

Mit geschlossenen Augen hält sie ihr Gesicht in die Sonne.

Unschlüssig bleibe ich stehen. Ich könnte noch einen Rückzieher machen.

Die Spucke kann mal wieder nicht an dem Ding in meinem Hals vorbei, ich schlucke und schlucke, aber es wird nur immer enger in meiner Kehle.

Vorwärts, sage ich mir und weiß, es ist die einzige Richtung, die infrage kommt.

Lautlos lasse ich mich neben ihr nieder, bringe zuerst gar keinen Ton heraus, schließlich doch ein leises »Hallo«.

Abrupt öffnet sie die Augen und dreht mir ihren Kopf zu, lächelt ruhig und warm. Wie schafft sie das bloß?

Kurz liegt ihr Arm um meine Schultern, streifen ihre Lippen meine Wange.

Sie rückt näher, sodass unsere Knie sich berühren.

Ihre Haare sind jetzt rot.

Rot, rot, feuerrot.

»Musste sein«, erklärt sie, als sie meinen Blick bemerkt.

Eine neue Haarfarbe als endgültiger Schlussstrich? Als Symbol von Aufbruch und Neubeginn?

»Wie geht's dir?«, fragt sie und tut, als hätte sie nicht bemerkt, was ihr neuer Look in mir auslöst.

»Gut«, flüstere ich. Ein Dezibel mehr und es käme ein Schluchzer mit heraus.

Sie sieht mich weich an. »Und in echt?«

Ich zucke mit den Schultern. »Geht so.« Immer noch im Flüsterton. Und sehe schnell zu meinen Schuhspitzen.

Schweigen.

Und das Rufen der Krähen.

Schließlich greift sie in ihre Umhängetasche und holt eine kleine, quadratische Kartonbox hervor, öffnet sie und fischt mit spitzen Fingern ein winziges Törtchen mit Schokoguss heraus, in dessen Mitte eine kleine Kerze steckt. Dann rutscht sie ein Stück weg von mir und stellt das Ding zwischen uns.

Ich starre es an.

Am liebsten würde ich mit der flachen Hand daraufschlagen und es zu einer Flade zerquetschen.

Sie greift nochmals in ihre Tasche, die Hand taucht jetzt mit einem Feuerzeug auf, damit zündet sie die Kerze an.

Die Flamme tanzt hin und her, erlischt aber nicht. Windstill heute. Verdammt.

»Happy birthday«, flüstert sie.

Ich glaube, in diesem Moment hasse ich sie.

Klar habe ich geahnt, dass so was in der Art passieren könnte. Trotzdem ist es jetzt noch schlimmer als befürchtet.

Das Wachs der Kerze tropft auf die Schokoglasur.

»Bist du wieder mit jemandem zusammen?«, platze ich heraus und sehe sie direkt an.

Fast unmerklich weicht sie mit dem Kopf ein wenig zurück, als würde sie sich in die Enge getrieben fühlen, schüttelt ihn dann langsam. »Nein, aber ...«

Ich will es nicht hören.

Ich

will
es
nicht
hören.

»... vielleicht wird es Zeit, wieder daran zu denken.«

Mir ist danach, sie anzuschreien, stattdessen nicke ich stumm.

»Und du?«, fragt sie.

»Nö«, antworte ich prompt. Und ohrfeige mich innerlich für die Lüge.

Ihr Blick ähnelt dem von Mama. Diese verfluchte Mischung aus Mitgefühl und Ratlosigkeit.

»Ich glaub, ich muss wieder los«, sage ich und springe auf. Im Luftzug, der dabei entsteht, erlischt die Kerze nun doch. Eine feine Rauchspur kringelt sich hoch in den Himmel.

Sie greift nach meiner Hand, als wollte sie mich zurückhalten, sieht bittend zu mir hinauf. Dann lässt sie mich vorsichtig wieder los.

»Bis irgendwann«, murmle ich.

»Ja. Bis bald«, sagt sie leise.

Ich drehe mich um und stapfe Richtung Ausgang, das Blut rauscht mir in den Ohren.

Ich hasse Sinja nicht. Natürlich nicht.

Braun mochte ich ihre Haare bloß lieber.

Als ich mich noch mal umdrehe, sitzt sie immer noch bewegungslos da.

Mein Blick fällt auf Poseidon, er wirft mir ein hämisches Grinsen zu.

Herrscher über die Meere und Flüsse.

Arschloch, denke ich.

strohblond

Menü 2 steht dampfend vor mir, Kartoffelsuppe und Thai Curry. Nicht ganz mein Fall, aber immer noch besser als Kalbsleberragout. Allzu viel los ist hier ja nicht, ich schiele in alle Richtungen, aber Paulus ist nirgends zu sehen. Kann es sein, dass ich ihn nicht mehr erkennen würde? Vielleicht hat er sich ja die Haare abrasiert oder so.

Zwei Mädchen steuern direkt auf meinen Tisch zu, obwohl rundherum noch alles unbesetzt ist.

»Ist da frei?«, fragt die eine, ich nicke wortlos.

Sie setzen sich und beginnen, von irgendeinem Fach und irgendeiner Professorin und irgendeiner Prüfung zu reden. Die, die gefragt hat, hat strohblonde Haare und sieht immer wieder flüchtig in meine Richtung. Ich konzentriere mich auf meinen Teller und vermeide es, ihrem Blick zu begegnen.

Was war es nur, das Paulus studiert? Wieso habe ich mir ausgerechnet *das* nicht gemerkt, wo ich doch dachte, mir alles, einfach alles eingeprägt zu haben. Jedes Wort, jeden Satz, jeden Blick. Als wäre ich aus dem Zug gestiegen mit einem ganzen Körper voller Tattoos. Unter die Haut geschrieben, jeder einzelne Moment.

Entweder war es ein Fach, das total normal war, und ich habe es mir deshalb nicht gemerkt, oder eines, von dem ich noch nie gehört hatte. Nein, an etwas Ungewöhnliches könnte ich mich erinnern. Also etwas Banales. Medizin. Spanisch. Marketing.

Nach Marketing hat Paulus aber nicht ausgesehen. Andererseits, wer weiß? Wie gut kann man einen Menschen in ein paar Stunden kennenlernen?

Ich beiße auf ein großes Stück Ingwer, mein Rachen fängt Feuer und für einen Moment bin ich unachtsam. Sofort haben mich die Augen der Blonden gefangen.

»Und, was studierst du?«

Shit. Darauf war ich nicht vorbereitet.

»Chemie«, höre ich mich selber sagen und sehe mir dabei von außen kopfschüttelnd zu.

Die Mädchen tauschen einen kurzen Blick.

»Aaah, *Chemie*«, kommentiert die dunkelhaarige Freundin der Blonden meine Antwort belustigt. Im nächsten Moment kichern die beiden los.

Wahrscheinlich halten sie mich für den ärgsten Psycho. So einen Labor-Heini, der voll darauf abfährt, irgendwelche Giftwässerchen zu mischen. Zumindest habe *ich* mir Chemiker bisher immer so vorgestellt und mein Chemielehrer schlägt durchaus auch in diese Bresche.

Hastig schaufle ich mir die letzten paar Bissen meines Currys in den Mund, habe noch nicht mal richtig runtergeschluckt, als ich schon aufstehe und mein Tablett hochnehme. Aber wohin mit dem Ding? Lässt man das Geschirr hier einfach auf dem Tisch stehen? Gibt es einen Wagen, in den man das Tablett hineinschieben kann, oder eine Luke, durch die man es in die Küche reicht? Wie auch immer, bloß weg.

»Hey«, sagt die Blonde, als ich mich gerade umdrehen will, »an welcher Uni studierst du denn?«

Verdattert bleibe ich stehen. An welcher Uni? Laut Vero gibt's hier doch nur eine.

»Sag bloß, die haben hier extra für dich einen Chemie-Studiengang eröffnet.« Die Dunkelhaarige schaut spöttisch drein.

Noch blöder als ich kann man sich wohl nicht anstellen. Zum Glück habe ich keine Hand frei, um mir gegen die Stirn zu schlagen.

Die Blonde kichert, aber ihre Augen strahlen mich an.

So hat mich Viola auch lange Zeit angesehen. Ungefähr ein Jahr lang, bis sie mit Daniel zusammengekommen ist.

»Am Freitag ist im *Alten Schweden* am Rosenhügel Winterfest. Da gehen alle hin, die ganze Stadt«, erklärt sie und hält mich mit ihrem Blick fest.

»Okay.« Ich versuche, ein Lächeln zustande zu bringen, das wohl eher einer Grimasse gleicht. Dann drehe ich mich ohne ein weiteres Wort um und haste davon. Neben dem Ausgang steht ein Tablettwagen. Ich befördere mein Zeug hinein und sehe zu, dass ich wegkomme.

Während ich durch die Gänge irre, hämmert es in meinem Kopf: Winterfest am Rosenhügel, alter Schwede, alter Schwede. Wird Paulus auch auf diesem Fest sein? Und: Hat *er* mich auch so angesehen, mit diesem speziellen Blick?

Ja.

Nein.

Ja.

Nein.

Ja.

Keine Ahnung, verdammt noch mal.

Ich verlaufe mich. Statt in der Aula lande ich bei den Toiletten.

Als ich am Pissoir stehe, kommt einer herein und stellt sich an die Muschel neben mich.

Kennst du zufällig Paulus?, könnte ich ihn fragen.

Vielleicht würde er sagen: Klar kenne ich den, der hat gerade Seminar in Hörsaal 3, rechts die Stufen rauf, geradeaus, die dritte Tür links.

Vielleicht würde er die Augen verdrehen und knurren: Ja, klar, ich kenne natürlich alle zehntausend Studenten hier beim Namen.

Vielleicht würde er mich auch von oben bis unten mustern und dann ein dreckiges Grinsen aufsetzen: Paulus? Ja, den kenne ich, sehr gut sogar, aber vielleicht kann ja auch *ich* dir irgendwie behilflich sein?

Moby Dick

Papa steht mit dem Rücken zu mir, ist mit der Bratpfanne beschäftigt. Ich bleibe im Türrahmen stehen und sehe ihm zu. Fett spritzt hoch, er zieht ruckartig die Hand zurück. Beim Kochen wirkt er immer, als hätte er einen Kampf zu bestreiten. Als er sich zum Kühlschrank wendet, entdeckt er mich und erschrickt kurz. »Antonia!«

»Was gibt's zu essen?«, frage ich, obwohl ich es schon beim Betreten des Hauses gerochen habe.

»Fischstäbchen«, verkündet er, als wäre das mal was ganz Neues.

Fischstäbchen, Minestrone, Spaghetti mit Pesto. Das komplette Spektrum seiner Kochkunst.

»Essen ist in einer Minute fertig, deckst du mal auf?«

Klappernd stelle ich zwei Teller und zwei Gläser auf den Tisch, lege Besteck dazu und fülle einen Krug mit Wasser.

Dann nasche ich ein bisschen vom Kartoffelsalat, der bereits fertig auf der Anrichte steht. Wahrscheinlich hat Mama ihn heute früh schon gemacht.

Als wir schließlich beide bei Tisch sitzen, kein Fett mehr zischt und kein Geschirr mehr klappert, wird es still.

Vor dem Fenster lässt sich eine Amsel auf einem Ast nieder.

Die Küchenuhr tickt.

Das Licht fällt genau im richtigen Winkel herein, um die vielen Fingerabdrücke und Fettflecken rund um den Griff des Kühlschranks zum Leuchten zu bringen.

Ich stochere extra fest mit der Gabel im Essen herum, aber das macht unser Schweigen nur umso lauter.

»Wo warst du?«, will Papa irgendwann wissen. Nicht, weil es ihn interessiert. Nur, um irgendwas zu reden.

Eigentlich hatte ich nicht vor, es ihm zu sagen, aber es flutscht mir unkontrolliert aus dem Mund. »Hab Sinja getroffen.«

Überrascht sieht er mich an, dann schnell wieder auf seinen Teller. »Wie geht's ihr?«, fragt er den Kartoffelsalat.

Ich zucke mit den Schultern. »Ganz gut, glaub ich. Sie hat jetzt rote Haare.«

»Mhm.« Mehr kommt nicht von ihm.

Wir essen schweigend.

Kein Wort über den Geburtstag.

Ich weiß nicht, wer hier wen zu schonen versucht. Er mich oder ich ihn.

Noch bevor ich den letzten Bissen vollständig hinuntergeschluckt habe, stehe ich schon auf, um mein Zeug in den Geschirrspüler zu räumen.

»Ich treff mich später mit Ines«, lüge ich, obwohl es keinen

Grund gibt, ihm etwas vorzumachen, weil es ihm ohnehin egal ist, wie ich meine Ferien verbringe.

Er nickt, ich drehe mich um und werfe ihm im Rausgehen noch einen kurzen, halb entschuldigenden Blick zu, weil ich ihn alleine hier sitzen lasse. Obwohl ich weiß, dass ich uns beiden mit meinem Abgang einen Gefallen tue.

Wie er da hockt. Ein riesiger Mann vor einem Teller mit ein paar mickrigen Fischstäbchen.

Moby Dick, Kindermenü.

Immer, wenn wir im Gasthaus waren, haben wir *Moby Dick* bestellt, Joel und ich. Nie *Micky Mouse* oder *Tom und Jerry*.

Ob Papa sich wohl auch gerade daran erinnert?

Er sieht so verloren aus, dass es mir einen Stich gibt.

titansilber

Nachdem ich eine Studentin angesprochen und gefragt habe, ob sie weiß, in welchen Hörsälen heute welche Vorlesungen stattfinden, sie mich daraufhin angesehen hat, als käme ich direkt aus einer geschlossenen Anstalt, dann patzig »Bin ich vielleicht das allgemeine Vorlesungsverzeichnis?« geantwortet und im Weggehen noch »Außerdem sind gerade Ferien!« gerufen hat, ist meine Laune jetzt so ziemlich auf dem Tiefpunkt. Ich verlasse die Uni, draußen scheint immer noch die Sonne.

Ferien. Na super. Da wird sich Paulus wohl kaum an der Uni herumtreiben. Andererseits schwirren ja offensichtlich doch einige Studenten hier herum. Warum eigentlich? Gehen die freiwillig in den Ferien zur Uni? Und was machen die da, wenn es gar keine Vorlesungen gibt? Alles ziemlich seltsam.

Gleich gegenüber ist ein Park, ich schlendere hin und lasse mich auf einer Bank nieder. Überall tollen Hunde herum, ihre Besitzer verausgaben sich im Stöckchenwerfen und Fröhlichsein.

Ob Paulus wohl Hunde mag?

Ja. Er findet Hunde cool, und wenn er einen hätte, würde er ihn überallhin mitnehmen, auch an die Uni.

Nein. Er hält Hunde für unterwürfig und abhängig, außerdem stinken sie. Manchmal. Er findet Hunde okay, nichts weiter.

Viola hatte mal einen Hund, den ich sehr mochte. Als er vor einem Jahr gestorben ist, war sie so traurig, dass sie wochenlang schlecht drauf war. Daniel, mit dem sie damals ging, wurde ungeduldig und wusste nicht, was er mit dieser traurigen Viola anfangen sollte. Also hat er Schluss gemacht. Ich weiß noch, wie sie plötzlich in meinem Zimmer gestanden ist, sich auf mein Bett fallen lassen und zu weinen begonnen hat. Wir wohnen seit unserer Kindheit Tür an Tür, ich durfte ihren Hamster streicheln und ihre Schildkröte füttern. Und später, als sie dann den Hund bekam, sind wir oft zusammen mit ihm spazieren gegangen. Aber nie zuvor gab es einen Anlass, sie trösten zu müssen. Sie lag auf meinem Bett und ich vergrub meine Hände in den Hosentaschen und fühlte mich hilflos. Ganz klein zusammengerollt schluchzte sie so lange in meine Decke, bis sie irgendwann einschlief. Und weil ich nicht wusste, was man in so einem Fall macht, kauerte ich mich einfach neben sie. Als wir zwei Stunden später aufwachten, lag ihr Kopf auf meiner Brust und mein Arm um ihre Schultern. Keine Ahnung, wie das passieren konnte. Wir sahen uns an, und einen Moment lang hatte ich Angst, dass da wieder dieser spezielle Blick in ihren Augen aufflackern könnte, wo sie doch jetzt nicht mehr mit Daniel zusammen war. Aber ihr Blick war ein anderer. Auch weich, aber anders. Beim Abschied schaffte ich es sogar, meine Hände aus den Hosentaschen zu kramen und ihr kurz über die Schultern zu streichen.

Ich ziehe mein Handy aus der Tasche und tippe:
woher weiß man, dass man verliebt ist?
Es dauert keine fünf Minuten, bis ihre Antwort kommt:
man weiß es einfach
ja aber woher weiß man, dass es wirklich verliebtheit ist und nicht einfach nur anziehung oder der wunsch nach aufregung und abenteuer oder schlichtweg selbstbetrug, weil man in dem anderen jemanden sieht, der man selber gern wäre?
Prompt:
bist ja heute ganz philosophisch drauf:-)
haha
Nach einer Weile:
vermutlich gehört das alles irgendwie dazu, der selbstbetrug und die sehnsucht nach abenteuer und großem gefühlskino. außerdem kennst du die antwort, du warst doch schon mal so richtig verknallt;-)
Obwohl Viola gar nicht hier ist, steigt mir augenblicklich die Hitze ins Gesicht. Sie weiß es also. Hat es beobachtet. Gespürt. Und trotzdem nie was gesagt.

Über vorletzten Herbst. Über die Sache mit Noah.
 Noah mit dem Piercing in der Lippe. Ein schmaler Ring, der

jedes Mal funkelte, wenn er den Mund bewegte. Um etwas zu sagen. Oder an seinem Kugelschreiber zu kauen. Oder: zu lächeln. Vier Monate lang ist er mit uns in die Klasse gegangen, von Schulstart bis Weihnachten, dann war er so plötzlich weg, wie er gekommen war. Vier Monate, in denen ich das Gefühl hatte, die Kontrolle über mich verloren zu haben. Vier Monate, in denen ich literweise Schweiß ausdünstete und ihn mit literweise Deo zu bekämpfen versuchte. In denen mein Herz ununterbrochen so heftig pochte, dass ich dachte, man müsste von außen sehen, wie es unter meinem Brustkorb hämmert. Vier Monate, in denen ich so wenig geschlafen und so intensiv geträumt habe wie nie zuvor. Weil sich alles im Schlaf abspielen musste, in echt war ja nichts. Niente. Nur ein paar belanglose Sätze und ein paar geteilte Zigarettenlängen, obwohl ich eigentlich gar nicht rauche.

Ich war damals der festen Überzeugung, absolut *alle* müssten mitkriegen, wie es um mich steht, aber in Wahrheit hat es kein Mensch bemerkt. Weder meine Eltern noch Lenz, noch sonst irgendwer. Zumindest dachte ich das bis vor einer Minute.

Fisherman's Friend

Ich gehe in den Drogeriemarkt, um mir Halsbonbons zu kaufen. In der Schminkabteilung bleibe ich hängen, sehe die Nagellack-Tester durch und wähle schließlich ein dunkles Braun. Sorgfältig male ich alle meine Nägel an, lege dann noch braunen Lippenstift auf. Im Spiegel gefalle ich mir. An der Kasse wirft mir die Verkäuferin einen missbilligenden Blick zu.

Im Park ist mittlerweile die Hölle los, heute treibt es wohl alle nach draußen an die Sonne. Einmal am Tag diesem Arschloch von Poseidon zu begegnen, sollte doch reichen, keine Ahnung, warum es mich schon wieder hierherzieht.

Vielleicht, weil ich weiß, dass Joel sich nachmittags mit ein paar Freunden beim Tempel getroffen hätte. Einer hätte Bier mitgebracht, ein anderer eine Slackline. Später wären sie ins *Blue Cat* gegangen und hätten auf die nächsten zwanzig Jahre angestoßen. Und dann, wenn Joel schon ziemlich betrunken gewesen wäre, hätte er Sinja vor aller Augen geküsst und an sich gezogen, so, wie er es immer nur im betrunkenen Zustand vor den Augen der anderen gemacht hat.

So oder so ähnlich hätte er seinen Geburtstag gefeiert.

Zumindest hätte es der andere Joel so gemacht.

Der, der er früher mal gewesen ist.

Mein Handy piept.

Enno: *sehen wir uns heute?*

Wahrscheinlich ist er gerade erst aufgestanden.

maybe baby, schreibe ich, *bin im park und du?*

Ich stecke mein Telefon zurück in die Manteltasche, es stößt gegen die *Fisherman's Friend*-Box, ich ziehe sie heraus und schiebe mir drei Bonbons auf einmal in den Mund.

Mama würde Enno mögen. Vielleicht nicht unbedingt seinen Kleidungsstil, die abgefuckten Cordhosen und löchrigen T-Shirts. Wahrscheinlich auch seine Frisur nicht, die eigentlich keine richtige Frisur ist, sondern ein Durcheinander an unterschiedlichen Haarlängen, darunter vier, fünf Dreads mit ein paar Perlen dran. Aber sein freundliches Lächeln würde sie mögen. Seine Offenheit. Die Heimeligkeit, die er ausstrahlt.

Trotzdem habe ich Mama nie von Enno erzählt und ihn noch kein einziges Mal zu mir nach Hause eingeladen. Kein einziges Mal in zehn Monaten.

Ein großer, zotteliger Hund läuft an mir vorbei, ein Typ mit dichtem Hipster-Bart schlendert hinterher. Als er vorüber ist und die Sicht auf die Bank dahinter wieder freigibt, setzt mein Herzschlag von einem Moment auf den anderen einfach aus.

Da sitzt er.
Und tippt in sein Handy.

Joel.

Mein Herz setzt wieder ein, pumpt jetzt aber so verrückt, dass ich mein Blut wie Wildwasser durch mich durchrauschen spüre. Ich reibe mir mit den Fingern die Schläfen, schließe die Augen, warte fünf Sekunden, öffne sie wieder.

Alles wie gehabt: Da sitzt er.
Halluzinationen.
Jetzt hat es mich also auch erwischt.
Dieselben Gene.
Ich presse mir die Fingernägel in die Haut, so fest, dass es wehtut.
Er trägt einen anderen Parka und die Haare sind kürzer.
Ich ringe nach Luft, gebe dabei ein fiependes Geräusch von mir.
Er blickt hoch.

Und ist es nicht.

Er ist es nicht.

»Alles okay?«, fragt er unsicher und die Stimme ist nicht die von Joel.

Natürlich nicht.

Ich muss besorgniserregend aussehen, denn er steht auf und kommt zu mir. Ich merke, wie ich wanke, er greift nach meinem Ellenbogen.

Fühlt sich nicht an wie Joel.

Natürlich nicht.

Seine Gesichtszüge sind kantiger als die von Joel. Seine Nase länger, die Augen dunkler. Trotzdem sieht er ihm erstaunlich ähnlich.

Im nächsten Moment schieben sich Schlieren vor ihn, und von einer Sekunde auf die andere kann ich nichts mehr sehen außer Schwarz. Auch die Geräusche sind plötzlich ganz weit weg. Was bleibt, ist ein Rauschen im Ohr, wie unter Wasser.

Meine Beine knicken, aber ich falle nicht, spüre seinen Arm um meinen Rücken, fest, bestimmt. Von ihm gestützt, schaffe ich die paar Schritte bis zur Bank, setze mich und lasse meinen Oberkörper auf die Sitzfläche sinken.

Vor meinen Augen immer noch krisslige Schwärze.

»Mir ist nur ein bisschen schwindlig«, versuche ich eine Erklärung. Meine Stimme klingt brüchig und weit weg, als würde sie gar nicht zu mir gehören.

»Du musst die Beine hochlagern.«

Er macht und ich lasse ihn einfach machen und am Ende liegen meine Beine auf seinem Schoß. Die Situation ist mir so unangenehm, am liebsten würde ich aufstehen und weglaufen.

Aber ich kann nicht, also schließe ich die Augen und warte, dass das Blut in meinen Kopf zurückkehrt und das Dröhnen in den Ohren weniger wird.

Nach einer gefühlten Ewigkeit wage ich es, die Augen zu öffnen.

Über mir hängt ein wolkenloser Himmel in sattem Blau.

grasgrün

Sie trägt Turnschuhe, grasgrün, und zwischen den Schuhen und dem Saum ihrer Jeans leuchten pinkfarbene *Hello Kitty*-Socken hervor. Sie ist immer noch ganz blass im Gesicht, nur die Lippen glänzen rot. Oder braun, eigentlich.

Viola hatte auch eine Zeit, wo sie immer mal wieder zusammengeklappt ist. Kreislaufprobleme. Hatte irgendwas mit ihrer Menstruation zu tun. Vielleicht ist das hier ein ähnlicher Fall.

Das Mädchen öffnet die Augen und schaut eine Weile ausdruckslos in den Himmel.

»Geht's wieder?«

Sie deutet ein Nicken an, hebt vorsichtig den Kopf ein Stück weit hoch und sieht mich an. Dann lässt sie ihre Beine langsam von mir runtergleiten, richtet ihren Oberkörper auf und kommt neben mir zum Sitzen.

»Danke.« Sie klemmt ihre Hände zwischen die Knie.

»Schon gut«, winke ich ab. »Hast du so was öfter?«

Sie antwortet nicht, starrt mich stattdessen unverwandt an.

Ist mir in den letzten Minuten ein Riesenpickel auf der Nase gewachsen? Klebt mir ein Curryrest im Mundwinkel? Oder bin ich einfach per se eine sonderbare Erscheinung?

Unangenehm berührt, huschen meine Augen weg von ihr, hin zu den Hunden auf der Wiese.

»Entschuldige«, sagt sie und wendet den Blick gerade mal für eine Sekunde ab, dann mustert sie mich wieder genauso eindringlich wie vorher. »Es ist nur ... Du schaust einfach meinem Bruder so ähnlich.«

»Ach so.« Ein Gefühl von Erleichterung.

Sie starrt immer noch unverwandt.

»Älter oder jünger?«, frage ich schnell, in der Hoffnung, von mir abzulenken.

»Älter. Heute ist sein zwanzigster Geburtstag.«

»Ah, cool.«

»Ja.« Sie lächelt schwach. Wie in Partystimmung wirkt sie nicht gerade.

»Auf welche Schule gehst du denn?«, fragt sie dann unvermittelt.

»Ich bin gar nicht von hier.«

»Ach so.« Sie nickt. »Und was machst du dann hier?«

»Ich bin nur für ein paar Tage zu Besuch.«

»Bei einem Freund? Oder deiner Freundin?«

Ganz schön neugierig, die.

»Äh ... nein, nicht direkt«, nuschle ich, »ich schau mir einfach die Stadt an.«

Sie legt die Stirn in Falten und sieht mich zweifelnd an. Als wäre ich das Seltsamste, das ihr jemals untergekommen ist. Ein Jugendlicher, der ganz alleine in irgendeine unbedeutende Kleinstadt fährt, um dort ein bisschen Sightseeing zu machen.

»O-kay«, meint sie schließlich gedehnt, »du siehst dir die Stadt an. Und wo wohnst du?«

»Kennst du sicher nicht, ist so ein Kaff in der Nähe von ...«
»Ich meine, hier. Bei wem schläfst du, solange du hier bist?«
»Ach so. Im Hotel Bohème.«
»Du schläfst in einem *Hotel*?«

Ihr ungläubiger Blick macht mir erst so richtig bewusst, wie schräg das ist.

»Dann kennst du hier also gar niemanden?«, fährt sie fort.
»Na ja, irgendwie schon«, stammle ich.
Sie zieht die Augenbrauen zusammen. »Irgendwie schon?«

Ich zucke mit den Schultern und schaue zu Boden, und sie kapiert wohl endlich, dass ich mich nicht näher dazu äußern will.

»Ich heiße übrigens Antonia«, wechselt sie das Thema.
»Simon.«
»Und wie alt bist du?«
»Sechzehn.«
»Wie ich.« Sie lächelt. Bleibt dann mit ihren Augen wieder gedankenverloren an mir hängen.

Kann sie das nicht bleiben lassen?

»Gibt dein Bruder heute eine große Party?« Was Besseres fällt mir nicht ein.

Schlagartig wird ihr Gesichtsausdruck wieder ernst. »Nein.«

Endlich wendet sie den Blick von mir ab, schaut geradeaus, wickelt sich ihre Haarsträhnen um die Finger und beobachtet scheinbar die herumtollenden Hunde. Irgendwie muss der Geburtstag ihres Bruders das falsche Thema sein.

»Joel würde keine Party geben«, nimmt sie den Faden dann doch wieder auf, »Partys geben war nie sein Ding. Er würde ausgehen, eine Runde zahlen, später tanzen. Feiern halt.«

»Und wieso *würde*?«

Sie wendet mir den Kopf zu. Sieht mich an, vielleicht auch eher durch mich hindurch. »Weil er weg ist.«

Sie löst die Finger aus den Haaren und klemmt die Hände unter die Knie.

»Wo ist er denn?«

Beim Bundesheer? Auf Weltreise? Im Ausland zum Studieren? Ob meine kleine Schwester mich wohl auch so wahnsinnig vermissen wird, wenn ich in ein paar Jahren ausziehe?

Sie beginnt, mit der Ferse ein Loch in die harte Erde zu hacken. »Keine Ahnung«, murmelt sie, »keine Ahnung, wo er ist.«

Wie jetzt?

»Etwa abgehauen?«, frage ich erstaunt.

Sie hackt weiter, sagt nichts, nickt dann so halb.

Manchmal verschwinden Menschen, das kennt man aus der Zeitung, aber ich bin noch nie jemandem begegnet, dem so was tatsächlich passiert ist.

»Das ist ja ... echt ... der Wahnsinn«, stottere ich.

Sie stößt ein kurzes, bitteres Lachen aus. »Wahnsinn trifft's ziemlich genau.«

Wahrscheinlich findet sie meine Reaktion unendlich bescheuert, aber was sagt man in so einer Situation, das *nicht* total blöd klingt?

»Du musst nicht großartig was dazu sagen.«

Als hätte sie meine Gedanken gelesen.

Mit der Fußspitze weitet sie das Loch, das sie vorher mit der Ferse gehackt hat. Dann sieht sie mich wieder an. »Danke jedenfalls für deine Hilfe.«

Ich nicke. »Kein Problem.«

»Okay, also, ich werd dann wieder ...« Sie steht auf. Zögert.

»Das klingt jetzt bestimmt blöd, aber: Willst du vielleicht morgen was mit mir zusammen machen? Ich meine, natürlich nur, wenn du noch nicht verplant bist.«

Kurz überlege ich, weil meine Tage alle demselben Plan folgen, und der lautet: Paulus finden.

Dann schüttle ich schnell den Kopf. »Noch keine Pläne.«

»Am Nachmittag?«

»Okay.«

Sie holt ihr Handy hervor. »Gibst du mir deine Nummer?«

Ich diktiere ihr die Zahlen, sie tippt sie ein, lässt es kurz bei mir klingeln.

»Tja, dann ...« Sie steckt das Telefon weg und steht vor mir, ich schnelle hoch, weiß aber nicht, welche Verabschiedung passend ist. Ein Händeschütteln? Oder Küsschen auf die Wangen? Wie automatisch retten sich meine Hände in die Hosentaschen.

»Bis morgen«, lächelt sie und hebt einfach die Hand zum Gruß.

Dann dreht sie sich um und läuft mit eiligen Schritten davon. Im Gehen wirkt sie größer als im Sitzen. Ihre grasgrünen Schuhe haben gelbe Sohlen, die jedes Mal aufleuchten, wenn sie die Füße hebt, und ihr Pferdeschwanz schwingt an ihrem Hinterkopf hin und her wie ein Pendel.

Dunst

Ich renne den ganzen Weg nach Hause. Versuche dabei, mir alles noch einmal genau zu vergegenwärtigen.

Wie er geschaut hat.

Wie ich geschaut habe.

Was er gesagt hat.

Was ich gesagt habe. Warum habe ich das bloß gesagt, das mit Joel?

Wie er ausgesehen hat: hellere Haut als Joel. Kürzere Haare, aber dasselbe Braun.

Was er angehabt hat: einen olivgrünen Parka, Jeans und dunkelblaue Sneakers. Hätte alles aus Joels Schrank stammen können.

Wie er gelächelt hat: anders als Joel. Vorsichtiger. Zurückhaltender. Auch seine Zähne waren anders. Schmaler und stärker gezackt.

Für wie verrückt er mich wohl gehalten hat? Auf einer Skala von eins bis zehn: mindestens acht.

Will ich ihn wirklich wiedersehen?

Erst als ich die Haustür hinter mir zufallen lasse, merke ich, wie sehr ich nach Atem ringe.

Im Badezimmer ist es warm, eilig ziehe ich mir sämtliche Kleidungsschichten ab und lasse alles achtlos auf dem Fußboden liegen. Unter dem Prasseln des heißen Duschstrahls lösen sich die Bilder in meinem Kopf endlich auf. Dafür macht sich etwas anderes breit. Eine unendlich große Traurigkeit. Dass er es nicht war. Dass ich nicht zu ihm hingehen und mich in seine Arme werfen konnte. Und er mich nicht lachend an sich drücken und sagen konnte: Hey, Schwesterherz, groß bist du geworden.

Fröstelnd sauge ich die Wärme des Wassers auf, bis meine Haut tiefe Furchen gebildet und das ganze Bad sich in eine Dampfkammer verwandelt hat. Dann erst steige ich aus der Dusche und stelle mich vors Waschbecken. Schreibe mit dem Finger seinen Namen auf den mit Dunst beschlagenen Spiegel.

JOEL

Durch die Sichtlöcher aus Buchstaben betrachte ich mein Gesicht.

Äußerlich haben wir uns eigentlich nie ähnlich gesehen. Aber in mir drinnen hatte ich immer das Gefühl, dass ich mit niemandem in dieser Familie so eng verwandt bin wie mit ihm.

Ob er wohl bemerken würde, dass ich kaum noch Pickel habe? Dass meine Brüste größer geworden sind? Und meine Haare länger?

Ich wickle mich in ein Handtuch, tapse in mein Zimmer und ziehe mir die kalte Bettdecke bis über den Scheitel. Bibbere, bis mir endlich wieder warm wird. Dann taste ich mit der Hand nach dem MP3-Player unter meinem Kopfpolster und fische ihn hervor. Kurz erhellt das Leuchten des Displays meine Höhle. Der Player spielt dort weiter, wo er zuletzt geendet hat, bei *Colors of Water*. Wo sonst.

I'll record your voice
I'll capture your smile
a million times
for if you should ever be gone
I won't be alone

Früher haben wir uns oft Höhlen gebaut, aus sämtlichen Polstern und Decken, die wir im ganzen Haus auftreiben konnten. Dann haben wir gespielt, wir wären Waisenkinder, die im Wald hausen und sich von Beeren und Vogeleiern ernähren. Oder Wanderer, die in einer Höhle eine alte Schatzkarte finden und mithilfe der Karte schließlich den Schatz: Apfelspalten, Brezeln oder sogar ein Stück Kuchen. Dann fielen wir uns jubelnd um den Hals und führten einen wilden Freudentanz auf.

glutorange

hey, simon, wie lange bleibst du denn noch in ... wo genau bist du eigentlich? wird langsam langweilig hier ohne dich. kannst du nicht heimkommen und mit mir, was weiß ich, squash spielen gehen, zum beispiel? jetzt! sofort!!

Ich schlage Lenz fast immer im Squash und er ärgert sich jedes Mal grün und blau. Es scheint ihm wohl schon unendlich langweilig zu sein, wenn er diesen Vorschlag macht. Trotzdem muss ich ihn enttäuschen:

geht leider nicht. hab grad ein mädchen kennengelernt

Wenn es um Mädchen geht, beißt Lenz immer an.

tja, dann ... gegen solch eine göttliche fügung bin ich wohl machtlos. hat sie zufällig auch eine freundin? in dem fall würde ich vielleicht mal kurz vorbeischneien in ... wo jetzt noch mal?

bloß nicht, es gibt hier schon genug schnee

sehr witzig

musst du nicht blockflöte üben mit einem deiner geschwister?

okay, damit hast du es dir endgültig verscherzt mit mir. du hörst jetzt für mindestens ZEHN STUNDEN nichts mehr von mir!!!

autsch
ja, es soll richtig wehtun
tut es
gut so

Bei Lenz muss ich nie überlegen, was ich sagen soll. Entweder sage ich gar nichts und weiß, dass Lenz das okay findet, oder ich sage einfach, was ich denke, und es fällt mir nicht mal sonderlich schwer. Lenz findet sogar, dass ich auf meine ganz eigene Art und Weise witzig bin. Zumindest manchmal. Obwohl wir beide so unterschiedlich sind, sind wir trotzdem ein gutes Gespann. Glücklicherweise war ich nie in ihn verknallt, das hätte alles nur kompliziert gemacht.

Ich grabe die Fäuste in die Taschen und marschiere los, bereit für ein neues Kapitel meiner Suche. Die Stadt ist nicht besonders groß, die meisten Gassen kommen mir schon bekannt vor, aber was soll ich sonst machen, als weiter zu gehen. Und weiter zu warten. Und weiter zu hoffen.

Vor meinen Füßen funkelt etwas in der Sonne, ich bücke mich und greife danach, es ist eine Zweieuromünze. Vorne sehen sie alle gleich aus, nur die Rückseite verrät, woher das Geld stammt.

Wenn es eine Münze aus einem Land ist, das am Meer liegt, werde ich Paulus, noch bevor es dunkel wird, über den Weg laufen. Er wird mir entgegenkommen, einfach so, auf dem Gehsteig, er in die eine Richtung unterwegs, ich in die andere. Und an seiner Seite ...

Sein Bruder.
Seine Freundin.
Sein Freund.

Unsere Blicke werden sich treffen, ich werde die Überraschung in seinen Augen lesen können. Simon, das gibt's doch nicht, wird er sagen und verblüfft dabei klingen. Aber auch aufgeregt. Was machst *du* denn hier? Er wird sich bemühen, das Herzklopfen aus seiner Stimme rauszuhalten, dieses verräterische Herzklopfen, aber es wird nicht klappen, und selbst wenn, dann wird es eben nicht die Stimme, sondern sein Blick sein, der ihn auffliegen lässt. Weil sich so ein bestimmter Filter darüberlegt, so ein flackernder, der nicht zu übersehen ist. Der Freund wird von Paulus zu mir und wieder zu Paulus schauen und sein Lächeln wird kühl werden. Paulus wird sich mit der Hand durch die Haare fahren, eine Geste, die verrät, dass er nicht weiß, wie er sich verhalten soll. Was kann man denn abends hier so machen?, werde ich ihn fragen. Und Paulus wird vorschlagen, dass ich doch mit ihnen weggehen könnte, und dabei mit einem kurzen Seitenblick abchecken, wie sein Freund dazu steht.

Ich öffne die Faust und wende die Münze.
Lasse sie in meine Hosentasche fallen.

Der Freund wird Paulus daran erinnern, dass sie doch heute Abend bei Hinz und Kunz eingeladen sind und Paulus wird murmeln: Ach ja, genau. Dann wird sich der Freund zum Gehen wenden und Paulus wird mir kurz zum Abschied die Hand schütteln, dann dem anderen hinterhertraben, sich nach ein paar Schritten aber noch einmal halb über die Schulter zu mir umdrehen. Es geht nicht, werden seine Augen sagen, es geht einfach nicht. Tut mir leid. Aber was hast du dir denn vorgestellt?

Ich schnorre mir von einer jungen Frau eine Zigarette, lass mir Feuer geben und lehne mich an eine Mauer. Der Rauch brennt in meinen Lungen, nach ein paar Zügen werfe ich den Rest zu Boden und sehe zu, wie das Glimmen langsam erlischt.
Was hast du dir denn vorgestellt, Simon? Was läuft da eigentlich für ein Film bei dir in den letzten sechs Monaten?
Keine Ahnung, aber jetzt gerade geht er so: Wir sitzen zusammen auf Paulus' Bett, hören Musik und trinken Bier. Und warten. Auf den passenden Moment. Um unsere Kleider abzustreifen und sie drei Tage lang nicht zu vermissen.

Pisse

Ines steht einfach vor der Tür.
»Bitte, bitte komm mit.« Sie setzt ihren treuherzigsten Bettelblick auf.
Ich in dicken Wollsocken, löchriger Trainingshose, ein Keks in der Hand. Als ich abbeiße, rieseln ein paar Brösel auf meinen Sweater und bleiben auf dem rauen, verwaschenen Stoff hängen.
»Okay«, gebe ich nach und schnappe mir meinen Mantel vom Haken, »aber nur auf einen Sprung.«
Ines sieht an mir herunter, öffnet den Mund, klappt ihn wieder zu. Verkneift sich den Kommentar zu meinem Outfit.

Mama taucht hinter mir auf. »Hallo, Ines!«, ruft sie, und Ines erklärt an meiner Stelle: »Wir wollen noch ins *Blue Cat*.«

Ausnahmsweise wünsche ich mir, Mama würde auf meinem Zuhausebleiben bestehen, aber sie nickt nur und meint: »Viel Spaß, und bleibt nicht zu lange.«

Draußen hakt sich Ines sofort bei mir unter und stiefelt mit schnellen Schritten los. »Scheißkalt«, flucht sie.

Sie hat eindeutig nicht auf dem Schirm, dass heute Joels Geburtstag ist, und ich werde es ihr sicher nicht unter die Nase reiben. Noch ein Gespräch zu diesem Thema, bei dem ohnehin allen die Worte fehlen, ertrage ich heute nicht.

Als Ines die Tür zum *Blue Cat* öffnet, ist es, als würde uns ein heißer Fön anblasen. Die plötzliche Wärme verursacht mir Gänsehaut, kurz schüttelt es mich durch. Wir bahnen uns einen Weg zur Bar, Ines bestellt für uns beide, zahlt auch für mich. Vielleicht als Dank dafür, dass ich mitgekommen bin. Oder weil sie ahnt, dass ich in meiner Jogginghose kein Geld einstecken habe. Ich hätte lieber heißen Tee statt gesüßtem Wein gehabt, aber Ines steht nun mal auf sämtliche Sorten von Obstspritzern, ich kann die nicht mal auseinanderhalten, Erdbeerspritzer, Pfirsichspritzer, Ribiselspritzer ... Tee hätte sie mir sowieso nicht durchgehen lassen.

Wir ergattern zwei freie Plätze, ständig kommt jemand vorbei, Küsschen rechts, Küsschen links, na, wie geht's, alles klar?

Klar.

Max fängt von der Schule an, oh Mann, muss das sein?

Beate will ihre neue Frisur bewundert wissen, also mache ich ihr ein lasches Kompliment, damit sie Ruhe gibt.

Gregor hat angeblich gesehen, wie Mirjam und Traude sich geküsst haben, so richtig mit Zunge und Hände gegenseitig unters Shirt, und jetzt steht ihm wohl einer, so dämlich, wie er dreinschaut.

Können wir dann mal wieder gehen?

Nein, sagt Ines, oder eigentlich sagt es ihr wackelnder Hintern, der sich bereits im Takt zur Musik wiegt und eigentlich nur das Ziel hat, Valerios Blicke auf sich zu ziehen. Vielleicht sollte ihr mal jemand sagen, dass an der Bar gerade so viel los ist, dass Valerio zwischen dem ganzen Getränkemixen sowieso keine Zeit hat, ihren Hintern zu beglotzen. Ich habe keine Lust zu tanzen, weil dienstags immer Tom auflegt und Toms Musikgeschmack so weit von meinem entfernt liegt wie der Nordpol vom Südpol.

Ich vertschüsse mich aufs Klo, die Brille ist angepisst, also bleibe ich in der Hocke. Im Waschraum kichern zwei, ihre Stimmen dringen bis zu mir herein. »Er beobachtet dich die g-a-n-z-e Zeit«, verkündet die eine. »Echt jetzt?«, fragt die andere, und die Aufregung in ihrer Stimme füllt meine ganze Kabine mit rosa Wattewölkchen.

Ging es mir auch mal so? Hatte ich sie auch, diese hibbelige Herzklopfen-Verliebtheit, diese Zeit des Hoffens und Bangens, wenn du nicht weißt, ob der, auf den du so wahnsinnig stehst, dich umgekehrt genauso mag? War das bei mir auch so, ganz am Anfang, bei Enno?

Vielleicht war es so an diesem einen Abend vor fast einem Jahr, als er mich die ganze Zeit vom DJ-Pult herüber angeschaut hat. Oder als wir ein paar Tage später zusammen Cocktails getrunken haben an der Bar. Und dann, an diesem Freitag, als ich so lange geblieben bin, bis er seine Platten endlich eingepackt hatte, und wir zusammen raus sind. Und draußen plötzlich der ganze Schnee! Und das Anfang April, wo sich in den Tagen davor eigentlich schon alles nach Frühling angefühlt hatte.

Um vier Uhr morgens haben wir Sterne und Sonnen auf schneebedeckte Motorhauben gezeichnet, und Giraffen und Häuser und Gitarren und Klee. Und Herzen.

Ich glaube nicht, dass ich jemals zuvor so glücklich war.

Und jetzt erscheint mir das alles so ewig weit weg.

So wie mir alles ewig weit weg erscheint von der, die ich einmal gewesen bin.

duschgelgrün

Ich erwache von meinem eigenen Stöhnen.

Die letzten Traumfetzen lösen sich auf, ich spüre es hart hinter meinem Hosenschlitz. Um mich herum Dunkelheit. Es dauert einen Moment, bis ich kapiere, wo ich bin.

Wieder Stöhnen, es kommt durch die Wand und offenbar von einer Frau.

Ein Blick auf mein Handy. *Game Over* blinkt da. Ich drücke das Spiel weg, die Uhr zeigt kurz nach elf. Okay, das heißt also, ich habe mindestens vier Stunden geschlafen. Eigentlich wollte ich ja noch was essen gehen.

Benommen rapple ich mich hoch, schnappe mir mein Handtuch vom Sessel und husche auf den Gang. Neben der hohen Stimme ist jetzt auch eine tiefere zu hören, die beiden scheinen erst richtig in Fahrt zu kommen. Schnell verschwinde ich in der Dusche.

Meine Erregung ist noch nicht abgeflaut, und als ich unter dem heißen Duschstrahl wieder an den Traum von vorhin denke, wächst sie unter meiner Hand gleich wieder an.

Paulus' Schwanz hat einen bräunlichen Hautton und liegt leicht links.
Paulus' Schwanz ist lang und ein paar Adern treten wulstig hervor.
Paulus' Schwanz ist ...
... direkt hinter mir, richtet sich auf und streckt sich nach mir aus. Die erste Millisekunde, wenn er meine Haut berührt, nicht mehr als ein leichtes Streifen an meinem Hintern.

Das Resultat meiner Fantasien spritzt an die Fliesen, rinnt an ihnen hinab und wird vom Wasser mitgerissen und in den Abfluss gespült.
Eine Weile lasse ich mir den Duschstrahl einfach auf den Scheitel prasseln, lasse meine Haare einen Vorhang vor meinen Augen bilden. Irgendwann streiche ich die Haare zurück und greife nach dem Duschgel, das jemand auf der Ablage vergessen hat, klatsche mir die dunkelgrüne Flüssigkeit auf Körper und Haare, spüle dann alles gründlich ab und drehe am Ende das Wasser noch eine Spur heißer, sodass meine Haut unter der Hitze zu jucken beginnt.
Als ich aus der Duschwanne hinaus auf die kalten Fliesen steige, schüttelt es mich kurz. Beim Abtrocknen spüre ich eine bleierne Schwere auf mir. Wieso bin ich bloß so müde? Am liebsten würde ich mich gleich wieder ins Bett legen. Und dort weitermachen, wo ich beim Erwachen aufgehört habe.

Spucke

Ich finde Ines an der Bar, wo sonst, sie davor, Valerio dahinter. Soweit ich die Situation beurteilen kann, läuft da nicht mehr als in den letzten Wochen. Also gar nichts.

Valerio ist Mexikaner und erst vor ein paar Monaten hergekommen. Er sieht umwerfend aus, hat einen charmanten Akzent und ein süßes Lächeln. Vermutlich könnte er die halbe weibliche Bevölkerung dieser Stadt absahnen, alles zwischen zehn und siebzig steht auf ihn, Mütter und Töchter würden sich seinetwegen glatt in die Haare kriegen. Aber Valerio lässt sich nicht erobern, von niemandem, wie es scheint. Ines packt zwar ihren besten Hüftschwung und ihr bestes Schulspanisch aus, um ihn zu beeindrucken, aber sie wird sich die Zähne an ihm ausbeißen.

Ich gehe zu ihr hin und lege ihr einen Arm um die Schultern.

»Da bist du ja endlich«, säuselt sie, schon ein wenig beschwipst.

»Hi«, grüßt Valerio und lächelt sein Lächeln.

»Hi«, erwidere ich und kann gar nicht anders, als ihn anzustrahlen. Keine Ahnung, was dieser Typ an sich hat, es muss was Magisches sein.

»Ich gehe«, erkläre ich an Ines gewandt, und sie: »Ach, bleib doch noch, es ist doch noch nicht mal Mitternacht, trink noch was mit mir, wir können doch noch ...«

»Mein Bett schreit schon nach mir«, erkläre ich fest entschlossen und Valerio grinst.

Grins nicht so unverschämt süß.

»Buena suerte!«, flüstere ich Ines ins Ohr und küsse sie

flüchtig auf die Wange. Sie verzieht kurz den Mund zu einem Schmollen, ein letzter Versuch, mich zum Bleiben zu überreden, doch als ich mich unbeeindruckt zum Gehen wende und Valerio zum Abschied zuwinke, schickt sie mir dann doch ein paar Kusshände hinterher.

Draußen empfängt mich eisige Kälte, aber ich bin von drinnen noch so aufgeheizt, dass es für ein Stück des Weges reichen wird.
    Ein Blick in den Himmel.
    Sterne.
    Eine Torte mit zwanzig Millionen Kerzen.
    Schwarzwälder Kirsch, die mochte Joel am liebsten.
    Mama hat uns immer Torten gebacken und die volle Anzahl Kerzen draufgesteckt, auch noch, als wir schon groß waren. Plus eine Lebenskerze. Zwanzig waren das zuletzt bei Joel. Neunzehn plus eine.
    Früher wollte ich immer mitpusten bei Joels Torten, und er hat mich gelassen. Wahrscheinlich war es in Wahrheit sowieso nur seine Puste, die die Kerzen zum Auslöschen gebracht hat, und mein Beitrag war lediglich ein kleiner Tröpfchenregen aus Spucke. Trotzdem hat er mit mir eingeschlagen, als wäre es unser gemeinsamer Triumph.

neongelb

Obwohl ich dick eingepackt unter der Decke liege, zittere ich. Vielleicht sollte ich mir die Haare trocknen, Vero hat doch was von einem Fön gesagt. Also runter zur Rezeption.

Aber als ich meine Beine aus dem Bett strecke und auf den Boden aufsetze, fühlen sie sich so schwach an, dass ich mein Vorhaben gleich wieder verwerfe. Ich schleppe mich lediglich die paar Meter zum Heizkörper, drehe den Regler auf höchste Stufe und falle dann wieder zurück ins Bett.

Ich erinnere mich an diesen Zustand, obwohl es lange her ist, dass ich mich so gefühlt habe. Das Zittern, die weichen Beine, der Schwindel. So ähnlich wie nach großer Kraftanstrengung fühlt es sich an. So ähnlich wie damals am Gipfel, als mein Vater so glücklich war über unsere Wanderung, nur wir beide, der Vater und der Sohn, ein erhebendes Gefühl. Ich war zwölf, und es war meine erste echte Bergtour, acht Stunden Aufstieg inklusive einiger schwieriger Klettersteige, fast ohne Pausen. Oben haben sich meine Beine angefühlt wie Teig, ich konnte keine Minute länger stehen und ließ mich schwer keuchend zu Boden sinken. Mein Kopf pochte, ich zitterte und schwitzte gleichzeitig. Mein Vater stand vor mir und schaute ratlos auf mich herab. Wahrscheinlich hoffte er auf ein Lächeln von mir, ein Victory-Zeichen oder zumindest irgendeinen Hinweis, dass sich die Anstrengung für mich gelohnt hätte und nun einem guten Gefühl Platz machen würde, einem Gefühl von Sieg und Erfolg. Aber ich fühlte mich nicht nach Victory, sondern einfach nur scheiße und konnte der ganzen Sache absolut nichts abgewinnen. Die Kargheit, das Geröll rundherum, der Blick auf schroffe Felswände. Nichts daran gefiel mir. Ich dachte an die Tiefe des Meeres, an die Schwerelosigkeit und Stille, an die vielen Farben. Um meinem Vater nicht in die Augen sehen zu müssen, starrte ich auf seine Schuhe, auf die neongelben

Schuhbänder seiner Trekkingboots. Aber auch ohne ihn anzusehen, konnte ich seine Enttäuschung deutlich spüren. Die Enttäuschung darüber, dass ich seine Leidenschaft für Berge nicht teilen konnte. Dass auch dieser Versuch schiefgegangen war, wie schon so viele Versuche zuvor. Dass es scheinbar überhaupt nichts gab, das uns verband und irgendeine Form echter Nähe zwischen uns herstellen konnte.

Das Zittern, die weichen Beine, der Schwindel. So ähnlich wie nach großer Kraftanstrengung fühlt es sich an, wenn man Fieber kriegt.

MITTWOCH,
vierter Februar

Pfützen

Es dauert ewig, bis Enno am Fenster ist, wahrscheinlich habe ich jetzt die halbe Nachbarschaft mit meinem Geklopfe geweckt.

Er öffnet, steht da nur in Boxershorts, hat also mit Sicherheit schon geschlafen. Frierend schlingt er die Arme um seine nackte Brust und sieht mich an.

»Kann ich reinkommen?«

»Kannst auch durch die Tür kommen.« Er klingt genervt.

Mir fällt plötzlich ein, dass die Nachricht, die ich ihm am Nachmittag vom Park aus geschickt habe, das Letzte war, das ich von mir habe hören lassen. Seither habe ich nicht mal mehr einen Blick auf mein Handy geworfen, so durcheinander war ich nach der Begegnung mit diesem Simon.

Ich springe und drücke mich hoch aufs Fensterbrett, bin dann mit einem Satz im Zimmer.

Enno schließt das Fenster hinter mir und knipst die Schreibtischlampe an. Um meine Schuhe herum bilden sich kleine Pfützen auf dem Boden, ich ziehe sie aus und beeile mich, die nassen Stellen mit den Füßen aufzuwischen. Danach sind meine Socken ganz vollgesogen mit eiskaltem Wasser. Frierend stehe ich vor Enno.

Er sieht mich abwartend an.

Ich weiß, es wäre an mir, etwas zu sagen. Ihm zum Beispiel zu erklären, warum ich mich nicht mehr gemeldet habe. Oder wo ich den ganzen Abend über war. Und weshalb ich jetzt plötzlich bei ihm auftauche. Obwohl er das ja schon kennt von mir. Was nicht heißt, dass er nicht sauer ist deswegen.

Schweigend lasse ich meine Augen über das Chaos auf seinem Schreibtisch wandern, nur um etwas zu tun zu haben und ihn nicht ansehen zu müssen.

Er seufzt. Geht zum Schrank und holt ein Paar frische Socken für mich heraus, hält sie mir hin und kriecht dann wortlos zurück ins Bett. Stützt den Kopf in eine Hand und beobachtet mich.

Statt zu ihm zu sehen, schaue ich zum Radiowecker auf seinem Nachttisch. 00:21. Dann ziehe ich mir die nassen Socken aus und streife mühsam die trockenen über die feuchte Haut. Aus dem Augenwinkel blicke ich zu Enno, er folgt immer noch jeder meiner Gesten. Unschlüssig mache ich ein paar Schritte auf den Schreibtisch zu, blättere gedankenlos in einem seiner Schulbücher, ohne überhaupt wahrzunehmen, von welchem Fach es stammt. Schließlich lasse ich mich auf dem Drehstuhl nieder, gebe mir selbst Schwung und schaffe dreieinhalb Runden.

Enno stöhnt, lässt sich ins Bett zurücksinken und drückt sich den Kopfpolster aufs Gesicht.

Was für ein blödes Spiel, das wir da spielen. Das *ich* da spiele. Immer und immer wieder, in unendlich vielen Varianten.

Warum schaffe ich es einfach nicht, ihm zu erzählen, was vorgefallen ist und weshalb ich so durcheinander war, dass ich nicht mal mehr daran gedacht habe, dass wir uns ja hätten treffen wollen.

Irgendwann legt er den Polster wieder weg und hebt die Bettdecke hoch, es ist ein Entgegenkommen, aber er verdreht dabei die Augen. Kein Wunder. Manchmal ist eben auch er am Ende seiner Geduld mit mir.

Irgendwann haben sie mich alle satt.
Mama, Papa.
Ines.
Und sogar Enno.
Ganz bestimmt.
Ich sehe zu Boden. »Entschuldige«, murmle ich. Mehr bringe ich nicht zustande. Er erwidert nichts, hat aber seine Bettdecke immer noch einladend hochgehoben, also stehe ich auf, streife Mantel und Hose ab, knipse die Lampe aus und krieche zu ihm ins Bett. Er zieht uns beiden die Decke bis zum Kinn, schlingt von hinten die Arme um mich und wärmt mich so lange, bis ich aufhöre zu frieren und aufhöre zu denken. Nur mehr seinen gleichmäßigen Atem an meinem Ohr spüre.

rußschwarz

In der Ferne höre ich schon den Zug pfeifen, kann aber nirgendwo meinen Pass finden. Hektisch durchwühle ich den meterhohen Berg aus Kleidung und Krimskrams, der sich vor mir türmt. Der Zug kommt unaufhaltsam näher, er faucht und kreischt und rattert. Ich gebe die Suche auf, den Pass finde ich sowieso nicht mehr. Eilig schlüpfe ich in meine Schuhe, aber statt meinen Sneakers sind es Bergschuhe, noch dazu bestimmt vier Nummern zu groß. Verdammt, wie soll ich denn mit diesen Dingern so schnell rennen? Aber es ist keine Zeit mehr, um nach anderen Schuhen zu graben, also schnüre ich sie hektisch zu, und als ich hochsehe, fährt gerade die Lokomotive an mir vorbei. Der Lärm ist ohrenbetäubend. Ich sprinte los, laufe wie ein Wahnsinniger dicht neben dem Güterzug her, konzentriere mich auf das Trittbrett und zähle bis zehn. Dann springe ich auf. Eines meiner Beine wird nach dem Aufsetzen sofort wieder weggerissen, ich klammere mich am Geländer fest, versuche, das Bein wieder auf die Stufe zu kriegen.

Hopp, hopp, hopp! Du schaffst es!, ruft eine Stimme, und als ich nach oben sehe, schiebt sich der Kopf meines Vaters über die Kante des Waggons. Was macht der denn hier? Ich klettere mühsam die Stufen hinauf, meine Arme und Beine zittern vor Anstrengung. Oben lasse ich mich erschöpft aufs Zugdach fallen. Na also! Mein Vater schaut zufrieden drein.

Du bist ja gar nicht mein Bruder, sagt plötzlich jemand hinter mir, und als ich den Kopf hebe und mich umdrehe, ist es das Mädchen aus dem Park. Ihr Gesicht ist rußig, als hätte sie direkt hinter dem Rauchfang der Lokomotive gesessen.

Ganz hinten, am Ende des Zuges, kann ich eine Gestalt erkennen, sie kommt näher, springt mühelos über die Kupplungen von Waggon zu Waggon, bis sie fast bei uns angekommen ist. Paulus. Er winkt mir zu. Ich fahre zum Tauchen ans Meer!, ruft er. Ohne eine Sekunde lang nachzudenken, laufe ich ihm entgegen, aber plötzlich fährt der Zug in eine Kurve, und ich rutsche ab und muss mich mit aller Kraft am Dach festkrallen, um nicht in die Tiefe geschleudert zu werden. Bis irgendwann!, ruft mir Paulus zu, dann macht er einen Schritt über die Zugkante und verschwindet im Nichts.

Warte!, schreie ich, kämpfe mich an den Rand des Daches, um zu sehen, wo er gelandet ist. Tauchen?, fragt mein Vater, du willst tauchen? Wieso hast du das nicht gleich gesagt? Du bist nicht mein Bruder, du bist nicht mein Bruder, murmelt Antonia und dreht sich dabei eine Haarsträhne um ihre Finger.

Zögernd stehe ich an der Kante.
Tu das nicht, brüllt mein Vater, das ist lebensgefährlich!
Dann springe ich.

vereist

Als ich die Augen öffne, ist es hell.

Es dauert ein paar Sekunden, bis ich es kapiere, dann fahre ich hoch, strample die Decke von mir weg, springe auf und steige über Enno aus dem Bett. Der grummelt verschlafen.

Hektisch schlüpfe ich in meine Hose, in die Schuhe und den Mantel, taste in den Manteltaschen nach meinem Telefon. Nichts. In der Jogginghose ist es auch nicht. Am Radiowecker die Uhrzeit – 07:04.

»Enno«, rufe ich panisch, er öffnet endlich die Augen und sieht mich verschlafen an. »Die suchen mich sicher schon, die denken vielleicht ...«

Enno kapiert sofort, ist im nächsten Moment aus dem Bett und an meiner Seite, versucht mich zu umarmen, aber was nützen mir jetzt seine Arme? Ich winde mich aus ihnen, muss sofort nach Hause. Will das Fenster öffnen, aber Enno hält mich zurück. »Ich fahr dich«, sagt er, zieht sich was über, öffnet die Zimmertür und schiebt mich in den Gang. Ich schleiche lautlos, mit tief gesenktem Kopf, als könnte ich so verhindern, dass wir seinen Eltern begegnen. Enno pflückt die Autoschlüssel vom Haken neben der Eingangstür, schlüpft in seine Schuhe und draußen sind wir.

Das Auto seiner Eltern parkt vor dem Haus. Enno holt einen Eiskratzer unter dem Fahrersitz hervor, legt in Sekundenschnelle die Windschutzscheibe notdürftig vom Frost frei und dann sind wir unterwegs.

Wir reden kein Wort miteinander. Nervös wippe ich mit den Beinen, Enno legt mir beruhigend seine Hand aufs Knie, ich wippe trotzdem weiter.

Das ist mir noch nie passiert. Dass ich eingeschlafen bin. Oder nicht rechtzeitig aufgewacht. Bisher habe ich es immer in mein eigenes Bett geschafft, bevor Mama und Papa morgens aufgestanden sind. Und meine Schuhe sind dann in der Garderobe gestanden und mein Mantel ist am Haken gehangen, und Mama und Papa haben gewusst, dass ich da bin. Und sich keine Sorgen gemacht.

Enno hält vor unserem Haus, nimmt mein Gesicht in seine Hände, küsst mich kurz auf die Lippen.

»Danke fürs Herfahren«, flüstere ich und bin draußen.

Hastig öffne ich das Tor, laufe auf unser Haus zu und krame gleichzeitig den Schlüssel aus meiner Hosentasche. Meine Hände zittern. Ich registriere, dass in Papas Werkstatt noch kein Licht brennt. Das kann bedeuten, dass er heute ausnahmsweise länger geschlafen hat. Oder dass er bereits auf der Polizeiwache sitzt und eine Vermisstenanzeige macht. So leise wie möglich sperre ich die Haustür auf.

Drinnen alles still. Keine hysterischen Stimmen, kein Um-Gottes-willen-wo-warst-du-bloß-wir-haben-uns-ja-solche-Sorgen-um-dich-gemacht. Keine Mamaarme, die sich panisch um mich schlingen.

Lautlos schlüpfe ich aus Mantel und Schuhen, werfe dann einen Blick ins Wohnzimmer.

Niemand.

Ich schleiche in die Küche, immer noch darauf bedacht, keine Geräusche zu machen. Papa steht mit dem Rücken zu mir am Herd, ich erschrecke, will mich gerade wieder davonstehlen, aber da dreht er sich schon zu mir um.

»Morgen«, sage ich einfach, so als wäre nichts.

Er schaut nur. Aber auf eine Art, die mich augenblicklich lähmt. Ich stehe im Türrahmen und weiß nicht, wie ich mich verhalten soll, will in mein Zimmer gehen, aber meine Füße machen nicht mit.

»Bitte tu uns das nicht an, Antonia«, sagt er schließlich leise.

»Was denn?«, stelle ich mich ahnungslos.

Er erwidert nichts.

»Mama ist noch im Bad, sie hat nichts bemerkt«, meint er dann.

»Nichts bemerkt wovon?«, spiele ich das Theater weiter.

Er schüttelt den Kopf und stößt ein leises Seufzen aus. Dann kommt er auf mich zu und fasst mich fest an den Schultern.

Wie lange ist es her, dass er mich berührt hat, und sei es nur, um mich an den Schultern zu rütteln?

»Sag mir nur das eine, Antonia«, beginnt er und schaut mich dabei so eindringlich an, dass sich mein Magen zusammenkrampft. Vielleicht ist es auch gar nicht sein Blick, sondern das ungewohnte Gefühl seiner Nähe. »Sag mir nur, ob wir uns jetzt auch noch um *dich* Sorgen machen müssen?«

Das ist es also, was ihm im Kopf herumgeht. Jetzt kapiere ich es. Dass er denkt, dass ich mich nachts herumtreibe, mir irgendwelche Drogen reinhaue und in meine eigene Welt abdrifte. Ganz nach Joels Vorbild.

Ich mache zwei Schritte zurück, um seinen Händen zu entkommen. »Ich hab bei Ines übernachtet, jetzt mach nicht gleich so ein Drama draus.«

Sofort verändert sich sein Blick, wird so was wie schuldbewusst. »Ach so, davon wusste ich nichts. War das mit Mama abgesprochen?«

»Nein«, gestehe ich dumpf. Bringt ja nichts, zu lügen, er würde sowieso Mama fragen.

Sofort springt sein Blick wieder auf vorwurfsvoll. »Und uns kurz eine Nachricht zu schreiben, dass du bei Ines übernachtest, wäre zu viel verlangt gewesen?«

Sein Strenger-Vater-Tonfall nervt. In den letzten zwei Jahren hat er nicht gerade mit großartigen Vaterqualitäten aufgewartet, sondern sich die meiste Zeit nur stumm in seine Werkstatt zurückgezogen. Warum glaubt er, mir jetzt irgendwas vorwerfen zu können?

»Ich hab mein Handy zu Hause vergessen, okay?«, motze ich zurück.

Er fasst mich wieder an den Schultern. »Ist dir eigentlich klar, wie viele Freiheiten wir dir lassen? Und dass das für uns, nach allem, was passiert ist, nicht gerade leicht ist? Am liebsten wäre mir, du würdest das Haus *überhaupt* nicht verlassen, damit ich mir nicht ständig Sorgen um dich machen muss.«

Ich starre ihn an. Macht er sich wirklich ständig Sorgen um mich? Er denkt also an mich? Ich habe geglaubt, er denkt die meiste Zeit an überhaupt nicht viel. Höchstens manchmal an Joel.

Als wäre ihm die Geste plötzlich unangenehm, lässt er seine Hände von meinen Schultern rutschen.

Anstatt mich an sich zu drücken.

Und mich so lange und so fest zu umarmen, bis der riesige Tränenbeutel, den ich seit Monaten mit mir herumtrage, endlich platzt. Und sich ein endloser Schwall aus Rotz und Wasser aus allen meinen Körperöffnungen ergießt, mich in mein Zimmer schwemmt, in mein Bett, in dem ich liegen und schlafen kann, schlafen, ein Jahr oder zwei, und wenn ich aufwache, liegt vielleicht Enno neben mir und sagt: Du siehst so glücklich aus, hast du was Schönes geträumt?

Ich drehe mich um und lasse Papa einfach stehen.

Aus dem Bad höre ich das Geräusch des Föns, schnell husche ich vorbei und schlüpfe in mein Zimmer. Auf dem Schreibtisch liegt mein Telefon.

Elf Anrufe in Folge von Papa heute früh.

Drei Anrufe und vier Nachrichten von Enno.

hey, antonia, ich weiß nicht, wo du bist und warum du dich nicht meldest, aber ich geh jetzt ins bett. Gestern um 23:29.

antonia?? Gestern um 19:06.

lust auf kino? schau dir mal das programm an. Gestern um 16:21.

bin gerade erst aufgestanden, also noch in bettnähe:-) was machst du im park? Gestern um 15:18

Ich schließe meine Zimmertür ab und ziehe alles aus bis auf meine Unterhose und Ennos Socken. Dann lege ich mich ins Bett, ziehe mir die Decke über den Kopf, stecke sie unter meinem Körper fest, bis nirgendwo mehr ein Luftspalt klafft, und warte, bis der Sauerstoff so verbraucht ist, dass es eng in meinem Brustkorb wird.

Ich warte noch ein bisschen länger.

Und noch ein bisschen.

Dann reiße ich mir die Decke vom Kopf und japse wie wahnsinnig nach Luft.

Sorgen?

Um mich?

Nö, wieso denn?

schamrot

Es dauert kurz, bis ich weiß, wo ich bin.

Durchs Fenster sehe ich in einen wolkenverhangenen Himmel.

Das Zittern ist weg, mein Kopf tut kaum noch weh. Vielleicht ist das Ärgste ja schon wieder überstanden.

Ich taste auf dem Nachttisch nach meinem Telefon, zwanzig nach zehn. Kurz verspüre ich den Impuls, zu Hause anzurufen, aber meine Mutter würde vermutlich an meiner Stimme erkennen, dass irgendwas nicht stimmt, und wenn sie wüsste, dass ich krank bin, käme sie glatt auf die Idee, meinen Vater mit dem Auto herzuschicken, damit er mich abholt. So viel zum Thema Abenteuer.

Ich schließe die Augen wieder und denke an die letzten Tage. An Vero. An Antonia.

An Paulus.

Wie lange reicht die Hoffnung, ihn zu finden, wohl noch?

Durch die Wand höre ich die hellen Stimmen der Zwillinge. Von der anderen Seite sind seit gestern keine Geräusche mehr gekommen, kein Dolby-Surround-Stöhnen mehr. Aber vielleicht habe ich auch einfach so tief geschlafen, dass ich nichts mitgekriegt habe.

Wie das wohl sein würde, wenn Paulus hier wäre? Würde man uns auch hören? Ist Paulus einer, der laut wird, wenn er kommt? Und ich, wie ist das wohl bei mir? Werde ich das jemals rausfinden können?

Ich stelle mir vor, wie uns die Zwillinge hören. Wie sie nachts wach werden und lauschen, während ihre Eltern fest schlafen, und wie ihre Wangen vor Aufregung und Scham glühen.

Ruckartig schlage ich die Decke zurück und steige aus dem Bett, die Beine machen wieder einigermaßen mit. Aus meinem Rucksack krame ich frische Unterwäsche und ein T-Shirt hervor, ziehe die eine Schicht aus und die andere an. Stelle mich ans Waschbecken und putze mir die Zähne. Ein gerötetes, ziemlich mitgenommenes Gesicht blickt mir aus dem Spiegel entgegen. So will ich Paulus eigentlich nicht begegnen. Ich wasche mir das Gesicht mit kaltem Wasser, aber danach sehe ich kein bisschen besser aus.

Leise öffne ich meine Zimmertür, spähe kurz auf den Gang, husche dann aufs Klo. In Unterhosen will ich den Zwillingen nicht unbedingt über den Weg laufen.

Zurück in meinem Zimmer, lege ich mich wieder ins Bett und sehe eine Weile einfach an die Decke, ohne an viel zu denken.

Piep.

hallo, simon, ich hab gerade deine mutter getroffen, sie hat mir von deinem spontan-trip erzählt. hättest ruhig was sagen können, ich wäre sofort mitgekommen:-)

Die Vorstellung, Viola jetzt hier bei mir zu haben, fühlt sich gar nicht schlecht an. Wir könnten im Bett herumlungern und schlechte Serien im Fernsehen anschauen. Ich würde mich nicht einmal dafür schämen, dass ich so zerstört aussehe.

wär cool, wenn du jetzt da wärst, antworte ich ihr.
was genau machst du überhaupt die ganze zeit?
eigentlich nicht viel. ich erzähl's dir, wenn ich zurück bin.
ich nehm dich beim wort, simon! wenn du zurück bist, will ich alles wissen, okay? alles!!

Viola alles erzählen?
Was alles?
Soll ich ihr sagen, dass meine ganze Jugend an mir vorbeizieht, ohne dass irgendwas passiert, zumindest nichts Aufregendes, zumindest nicht das, was passieren sollte, irgendwas Echtes, Verrücktes, Wahnsinniges, das sich endlich mal nach *Leben* anfühlt?

Oder soll ich ihr erklären, dass das mit mir und dem Reden nicht so richtig zusammengeht, dass nie jemand wissen wird, wer ich eigentlich bin, weil mir immer die Worte fehlen, und dass ich manchmal am liebsten ein Fisch unter Wasser wäre?

Oder soll ich ihr gestehen, dass ich jemanden suche, den ich vor einem halben Jahr im Zug kennengelernt und mit dem ich vielleicht drei, vier Stunden verbracht habe, dessen Telefonnummer, Adresse oder Facebook-Namen ich nicht weiß, in den ich vielleicht verliebt bin, obwohl ich keine Ahnung habe, wer er eigentlich ist?

Aber mach das mal, dich in einem Zweitausend-Einwohner-Kaff outen. Die zwanzig anderen, die vielleicht auch auf Männer stehen, geben dir da nicht High five und sagen Willkommen im Club, sondern halten schön den Mund. Und alle anderen sind ohnehin längst in die Großstadt geflüchtet.

Okay, wenn jemand ein Geheimnis für sich behalten kann,

dann sicher Viola. Und da sie ohnehin längst Bescheid zu wissen scheint ... Aber trotzdem. Ausgesprochen ist das noch mal was anderes.

Piep.
hallo! heute um drei auf der bank von gestern?
Stimmt ja, Antonia wollte sich heute mit mir treffen. Eigentlich würde ich am liebsten einfach im Bett bleiben.
bin über nacht krank geworden, vielleicht lieber morgen?
ach so ... was hast du denn?
keine ahnung, fieber und kopfweh und so.
soll ich dir was aus der apotheke besorgen?
nein, geht schon, aber danke
ok, dann gute besserung!
danke. ich meld mich morgen.
Ich lege mein Telefon auf den Nachttisch und schließe die Augen.

extrafeucht

Es klopft an meiner Zimmertür. Ich blinzle und sehe, wie sich die Klinke nach unten bewegt, gegen den Widerstand der Verriegelung drückt und wieder nach oben wandert.
Kurz Stille – dann Schritte, die sich entfernen.
Offenbar bin ich noch mal eingeschlafen.
Die Haustür fällt ins Schloss, Mama geht wohl wieder in ihre Praxis. Seltsam, dass sie mich nicht längst geweckt hat, das Mittagessen zu verschlafen lässt sie mir normalerweise nicht durchgehen.

Ich schiebe die Decke weg und rolle mich aus dem Bett, öffne den Kleiderschrank, stehe frierend in Slip und Socken davor. Kann mich nicht entscheiden. So viel Zeug da drinnen, das ich seit Monaten nicht mehr angehabt habe, das überhaupt nicht mehr zu mir passt. Ich ziehe ein paar Teile aus den Stapeln und von den Kleiderhaken und werfe sie aufs Bett. Zu klein, zu ausgeleiert, zu kindisch, zu hippie, zu girlie, zu alt. Weg damit.

Keine Ahnung, was zu mir passt. Keine Ahnung, wer ich bin. Ein einziges Durcheinander.

Im Unterwäschekorb liegen ganz unten die Kondome. Fünf Stück. *Lustmix Mini*. Gelb, genoppt, Erdbeergeschmack, natur, extrafeucht. Für alle Fälle.

Für alle jene Fälle, die in Wahrheit nicht eintreten. Weil ich Enno nie mitbringe. Weil ich ihn seit zehn Monaten vertröste. Nicht nur, was das Besuchen und Meinen-Eltern-Vorstellen betrifft, sondern auch, was das Miteinander-Schlafen betrifft. Wie hält ein Achtzehnjähriger das nur aus? Der denkt doch sicher permanent an Sex. Vielleicht schläft er ja einfach mit anderen Mädchen. Die ihm ihren Musikwunsch ins Ohr flüstern und ihre Hintern vor seinen Augen zur Melodie wiegen. Und dann so lange bleiben, bis er seine Platten eingepackt hat, mit ihm rausgehen und ...

Die Vorstellung tut so weh, dass mir kurz die Luft wegbleibt.

Dabei hat alles so perfekt begonnen, mit Enno und mir. War so gut wie nichts jemals zuvor in meinem Leben.

Aber dann ist es ganz anders gekommen, als ich gedacht hatte. Und alles wegen Joel.

Ich streife meine Unterhose ab und betrachte mich im großen Spiegel an der Innenseite meiner Schranktür.

Ganzkörperspiegel gehören definitiv verboten.

Ich suche den schwarzen, durchsichtigen Slip und den dazugehörigen BH heraus. Die beiden Teile habe ich mir gekauft, nachdem Enno und ich uns zum ersten Mal geküsst hatten. Nach jener Nacht, als wir die schneebedeckten Motorhauben mit Zeichnungen verziert hatten. Ich dachte, die Unterwäsche würde ich tragen, wenn wir zum ersten Mal miteinander schlafen. Es gab für mich überhaupt keinen Zweifel daran, dass ich mit Enno schlafen wollte. Am liebsten schon am nächsten Tag.

Aber dann ist es nie dazu gekommen.

Geräuschlos drehe ich den Schlüssel und öffne meine Zimmertür, luge vorsichtig nach draußen. Eigentlich sollte niemand mehr hier sein. Eilig verschwinde ich nebenan im Bad, werfe die Socken in den Wäschekorb, dusche und schlüpfe danach in die schwarze Unterwäsche. Ich wickle mich in meinen Bademantel und tapse mit nackten Füßen in die Küche.

Auf dem Tisch ein Zettel von Mama mit Küsschen und dem Hinweis auf den Auflauf im Backrohr. Ich öffne die Ofentür und spüre augenblicklich meinen Hunger, greife nach einem Topflappen und ziehe die Pfanne heraus. In der Spüle liegt eine gebrauchte Gabel, ich nehme sie zur Hand und esse im Stehen, direkt aus der Pfanne.

Das Glas des hohen Geschirrschranks wirft mein Spiegelbild zurück, ich schneide mir selbst eine Grimasse, öffne dann meinen Bademantel, drehe mich nach rechts und links und betrachte mich so gut es geht von allen Seiten. Hier sieht alles irgendwie schöner aus als oben in meinem unbarmherzigen Spiegel. Die Unterwäsche ist sexy. Enno würde sie mir sicher gerne ausziehen.

Von draußen ein leises Klirren, blitzschnell wickle ich den Bademantel wieder um meinen Körper und lausche, ob jemand kommt.

Aber das Haus bleibt still.

schokobraun

Mein Mund ist ganz ausgetrocknet, ich brauche was zu trinken. Wasser wäre gratis, Cola wäre besser. Wenn ich mich nicht irre, steht unten beim Eingang ein Getränkeautomat. Ich schlüpfe in meine Jeans und verlasse das Zimmer.

Unten im Foyer steht ein älterer Mann hinter der Rezeption und bellt etwas ins Telefon. Als er mich sieht, zieht er kurz die Stirn in Falten. Klar, dass Vero auch mal frei haben muss, trotzdem irritiert es mich, dass heute nicht *sie* an der Rezeption ist.

Ich schaue mich nach dem Getränkeautomaten um, finde sogar zwei. Einen mit Softdrinks, einen mit warmen Getränken. Ich lasse mir eine Cola runter und nehme dann beim anderen noch eine heiße Schokolade.

Als ich wieder hinaufgehe, telefoniert der Mann noch immer, irgendeine Lüftung scheint kaputt zu sein und er ist offensichtlich genervt.

Vor meiner Zimmertür höre ich, dass drinnen mein Handy klingelt, aber bis ich aufgesperrt und die Flasche und den Becher abgestellt habe, ist das Klingeln wieder aus. Ich sehe nach. Meine Mutter. Könnte aber auch meine Schwester von Mamas Telefon aus gewesen sein. Vorsichtshalber rufe ich lieber nicht zurück.

Aquamarin

»Und?«, frage ich. »War noch was gestern mit Valerio?«

Ines zuckt mit den Schultern, stellt den einen Fuß zurück auf den Boden, hebt den anderen hoch und stützt ihn an der Kante des Couchtisches ab. »Ich glaub, ich geb's langsam auf.« Sie taucht den kleinen Pinsel in den schwarzen Lack und malt weiter ihre Zehennägel an. Ich kauere neben ihr in den weichen Polstern und sehe ihr zu.

Als sie fertig ist, schraubt sie das kleine Fläschchen zu, schüttelt es kurz und stellt es zur Seite, lehnt sich zu mir zurück und sieht mich an.

»Ich finde Valerio zwar immer noch total süß, aber ...« Sie verzieht kurz den Mund zu einer Kleinmädchenschnute, dann grinst sie plötzlich breit. »Aber da ist gestern noch so ein Typ aufgetaucht, den ich noch nie im *Blue Cat* gesehen hab ...«

»Ines«, rufe ich lachend und stoße sie mit dem Ellenbogen in die Seite, »jetzt sag nicht, du hast was mit einem anderen angefangen! Ich hab gedacht, Valerio ist der Mann deiner Träume!«

»Aber Valerio ist der Mann *aller* weiblichen Träume, ich kann mich doch nicht seinetwegen unglücklich machen«, verteidigt sie sich und verschränkt die Arme vor der Brust.

»Er ist nicht der Mann *meiner* Träume«, werfe ich ein.

Sie verdreht die Augen. »Okay, aber du zählst nicht.«

»Wieso nicht?«

»Weil du doch Enno hast.«

»Na und?«

»Außerdem bist du irgendwie ...«

Sie sieht mich an und in ihrem Blick liegt irgendwas zwischen Mitgefühl und Ratlosigkeit. Dieser Scheißblick, den alle für mich übrighaben.

»Ich bin irgendwie *was*?«, rufe ich.

»Na ja ... also irgendwie nicht so ... empfänglich.«

»Nicht so empfänglich?«

»Na ja, für sexuelle Reize. Ich meine, sogar bei Enno hat man das Gefühl, dass er für dich mehr ein Kumpel als ein Geliebter ist.«

Ich bin baff.
Einfach
nur
baff.

»Ist ja auch nicht schlimm«, schiebt sie schnell hinterher, »ist doch überhaupt nicht schlimm.«

»Das ist ja sehr nett von dir, dass du mich so siehst«, schäume ich.

»Das mein ich doch nicht böse, Antonia. Ist ja auch verständlich, dass du im Moment nicht den Kopf für so was hast.«

So denkt also meine beste Freundin über mich. Und vermutlich der Rest der Welt auch. Dass ich eine nervige Langweilerin bin, die so sehr mit ihrem Schicksal hadert, dass sie unfähig ist, das zu machen, was alle anderen in ihrem Alter tun – Spaß haben, Sex haben und einen dröhnenden Kopf vom letzten Rausch oder Drogentrip.

Wahrscheinlich bin ich tatsächlich so.

Ich schnelle hoch von der Couch. »Dann kann ich ja gehen«, erkläre ich bitter. »Wenn ich so unempfänglich für männliche Reize bin, tauge ich wohl auch nicht dazu, um über sie zu reden.«

»Antonia, jetzt sei nicht beleidigt.«

»Ich bin nicht beleidigt«, zische ich zurück.

»Doch, bist du, und es tut mir leid, was ich gesagt hab.«

»Nur weil ich Enno nicht bei jeder Gelegenheit vor aller Augen in den Schritt greife und nur weil ich nicht, wie du, schon mit einem ganzen Rudel Männer im Bett war, bin ich noch lange keine Klosterschwester.« Wütend funkle ich sie an.

Kurz flattern ihre Augenlider vor Überraschung.

»Das ist unfair«, sagt sie dann.

Ruhig sagt sie es, ganz sanft. Nette, harmlose Worte für die Gestörte, die es nicht einmal verträgt, dass man ihr auf eine Beleidigung Kontra gibt. Die ganze Welt packt mich in einen Wattebausch. Kein Mensch nimmt mich mehr ernst.

»Du bist auch unfair«, fauche ich, stapfe aus dem Wohnzimmer, reiße in der Garderobe meinen Mantel vom Haken und poltere mit den Schuhen. Dann rausche ich nach draußen. Mein Unterkiefer zittert, ich spüre, wie Tränen meine Kehle hochsteigen, schlucke sie wütend wieder hinunter. Und beginne zu rennen.

Ich renne, bis das Brennen in meiner Lunge unerträglich ist. Dann erst bleibe ich stehen. Und keuche. So laut, dass mir der entgegenkommende Radfahrer einen verwunderten Blick zuwirft. Hastig wende ich mich ab und dem Kaugummiautomaten neben mir zu, fixiere die großen, bunten Kugeln hinter dem Glas und hoffe, dass sich der Radfahrer nicht nach mir umdreht.

Als wir Kinder waren, wollte Joel immer nur die grünen erwischen. Jedes Mal, wenn eine andere Farbe herunterkam, hat er die Kaugummikugel mir geschenkt, er hat immer so lange Geld eingeworfen, bis eine grüne kam. Manchmal hatte ich dann drei oder sogar vier Kaugummis und er nur einen, einen grünen, aber das hat ihn nicht im Geringsten gestört.

Ich taste in meiner Manteltasche nach einer Münze, finde tatsächlich eine und ziehe sie heraus. Ein Euro. Die Hände erinnern sich sofort: Münze in den Schlitz, schwarzes Rad ein Mal rundherum und weiter bis zum Anschlag drehen. Kurzes Rumpeln, dann Geklimpere.

Als ich die Klappe öffne, um meinen Kaugummi entgegenzunehmen, liegt da kein Kaugummi, sondern eine Plastikkugel. Eine dieser speziellen Kugeln, solche mit Ringen oder Steinen drin, die in dem ganzen Automaten nur ein paar Mal vorhanden sind und auf die die meisten vielleicht insgeheim hoffen, die Joel und mich aber nie interessiert haben.

Ich öffne die Kugel und fische einen kleinen blassblauen Edelstein heraus, sehe ihn mir genauer an und suche auf dem Bild am Automaten nach dem dazugehörigen Namen: Aquamarin.

Ein Kaugummi wäre mir lieber gewesen.

Ich schließe meine Faust um den Stein und trotte langsam weiter. Es dämmert. Nach Hause will ich nicht. Zurück zu Ines und mich entschuldigen? Unschlüssig trabe ich weiter. Je länger ich gehe, desto wärmer wird der Stein in meiner Hand.

katzenblau

Winterfest Rosenhügel
Der erste Google-Link führt mich zu einer veralteten Einladung zur Weihnachtsfeier im Geriatriezentrum Rosenhügel.

Als ich dem zweiten Link folge, komme ich zu einem Blog, auf dem jemand schreibt, dass bei irgendeinem *Winterfest* gehäkelte *Rosen* verkauft wurden und man vom *Hügel*, auf dem die Marienkapelle steht, einen grandiosen Blick ins Tal hatte.

Die nächsten paar Links scheinen ebenso wenig vielversprechend. Also gebe ich *Winterfest Alter Schwede* ein.

Im selben Moment klopft es an meiner Tür, und ich erschrecke dermaßen, dass ich zusammenfahre und wie automatisch die Suchmaschine wegklicke. Ein überlebenswichtiger Reflex, wenn man eine Schwester hat, die regelmäßig lautlos hinter einem auftaucht, während man gerade schwesternuntaugliche Dinge im Internet tut.

Wieso klopft da jemand an meine Tür? So was wie ein Zimmermädchen habe ich hier noch nie gesehen.

Geräuschlos rutsche ich an die Kante des Bettes, stehe auf und schleiche zur Tür. Vielleicht ist es der Typ von der Rezeption, der vorhin, als ich unten am Automaten war, misstrauisch geworden ist und jetzt kommt, um mir zu sagen: Bürschchen, ich sehe dir doch an, dass du noch keine achtzehn bist. Es gibt Regeln in diesem Hotel, und ich sorge dafür, dass sie eingehalten werden. Blödsinn, der interessiert sich einen Dreck für mich und mein Alter. Ich lege mein Ohr an die Tür und horche, aber ich höre nur meinen eigenen Herzschlag. Schließlich gebe ich mir einen Ruck und öffne mit Schwung die Tür.

Niemand da.

Verwundert stecke ich den Kopf hinaus auf den stillen, dämmrigen Gang.

Am Treppenabsatz hält eine Gestalt in ihrer Bewegung inne und dreht sich zu mir um. »Ah«, sagt sie, »du bist ja doch da.«

»Ach so, ja«, stammle ich, »ich war nur ... im Bett.«
»Entschuldige, ich wollt dich nicht aufwecken.«
»Hast du nicht.«
»Ich hab gedacht, ich komm mal bei dir vorbei. Um zu sehen, wie's dir so geht.« Sie macht ein paar Schritte weg von der Treppe, hin zu mir.
»Hi«, sagt sie, als sie mir gegenübersteht.
»Hi«, sage ich und stecke schnell die Hände in die Hosentaschen.
Sie sieht mich mit einem belustigten Blick an. »Darf ich reinkommen?«
»Ach so. Ja, klar.« Ich trete zurück ins Zimmer, öffne weit die Tür und mache eine linkische Handbewegung, als wollte ich sie hereinscheuchen wie ein ausgebüxtes Haustier.
Augenblicklich bricht sie in schallendes Gelächter aus, sodass der Pferdeschwanz in ihrem Nacken auf und ab hüpft. Ihr Lachen ist so ansteckend, dass ich den Punkt im Drehbuch, an dem ich mir unendlich blöd vorkommen sollte, einfach überspringe und mitlache.
Neugierig sieht sie sich in meinem Zimmer um, und mir schießen plötzlich ungefähr zweihundertdreißig Gedanken gleichzeitig durch den Kopf:
Wahrscheinlich stinkt es hier drin.
Trage ich überhaupt Jeans oder nur die Unterhose?
Liegt hier irgendwas herum, das sie nicht sehen soll?
Unauffällig sehe ich an mir herunter, alles klar, die Hose ist an. Dann öffne ich eilig das Fenster. Draußen ist es schon dunkel, ein angenehm kalter Luftzug weht herein.
Sie lässt sich in den Polstersessel sinken und hängt ihre Beine

seitlich über die Lehne. Ich weiß nicht recht, wohin mit mir, einen zweiten Sessel gibt es nicht, also setze ich mich auf den Boden, ans Fußende des Bettes.

»Der Typ an der Rezeption war ziemlich genervt, weil ich deinen Nachnamen nicht gewusst hab. Er hat gemeint, dass Besucher eigentlich nicht erlaubt sind.«

»Man darf hier eigentlich auch erst ab achtzehn ein Zimmer mieten.«

»Wieso erst ab achtzehn? Ist das etwa ein Stundenhotel?«

Ein Stundenhotel? Daran habe ich bisher noch gar nicht gedacht. Damit würde sich das Gestöhne von nebenan erklären. Aber wären dann die Zwillinge mit ihren Eltern hier?

»War nur ein Scherz«, kichert sie. »Sieht eh nicht aus wie ein Stundenhotel.«

»Woher weißt du denn, wie es in einem Stundenhotel aussieht?«

»Weiß ich gar nicht, aber ich stell es mir eben anders vor. Mit Spiegeln an der Decke und viel Latex und Leder und solchem Zeug. Und ein paar Peitschen im Schrank.«

»Vielleicht hab ich ja einfach das Ultra-Low-Budget-Zimmer«, überlege ich laut.

Lachend schwingt sie ihre Beine von der Lehne und erhebt sich. »Na gut, dann ... zieh ich mich jetzt mal aus.« Mit verführerischem Augenaufschlag lässt sie sich stripverdächtig den Mantel von den Schultern rutschen.

Ich muss grinsen.

Schwungvoll hängt sie den Mantel an einen Haken neben der Tür und holt etwas aus seiner Tasche hervor, das sie mir vor die Nase hält. »Magst du?«

Eine Dose *Fisherman's Friend*. Ich schüttle den Kopf. Eigentlich habe ich Hunger auf was Richtiges, immerhin habe ich heute noch nichts gegessen.

Sie zuckt mit den Schultern, nimmt ein Bonbon aus der Dose und steckt es sich in den Mund.

»Eigentlich hab ich Hunger auf was ...«

»Wart kurz«, unterbricht sie mich und legt einen Finger an ihre Lippen.

Ich verstumme. Horche. Von irgendwo her kommt leise Musik.

Wieder greift sie in ihre Manteltasche, zieht diesmal einen MP3-Player hervor. »Ach, der ist noch an«, murmelt sie.

»Was hast du gehört?«, will ich wissen.

»*Colors of Water.*«

»Kenn ich gar nicht.«

»Kannst du auch nicht kennen. Ist eine Band von hier, aber nicht bekannt, eigentlich nur eine Schulband. Sie haben zwar mal eine CD aufgenommen, aber nur mit fünf Songs. Und manchmal haben sie auch im *Blue Cat* gespielt, aber sonst nirgends.«

»*Blue Cat?*«

»Ist das Lokal, wo ich immer weggehe. Willst du mal hören?«

Sie reicht mir den Player und ich stöpsle mir die Hörer in die Ohren.

Eine Frauenstimme.

if you wanna forget your past
I'll tell you something about your future
just give me your hand
I'll draw new lines on it

Irgendwie kommt mir dieser Song bekannt vor ...
you can be black or white
you can be peace or war
you can be wild or kind
you can be a nun or a whore
Ruckartig reiße ich mir die Stöpsel aus den Ohren.

»Wie heißt diese Band noch mal?« Meine Stimme überschlägt sich fast vor Aufregung.

Verwundert sieht sie mich an. »*Colors of Water.*«

»Und du kennst die persönlich?«

»Jaaa«, antwortet sie gedehnt und blickt argwöhnisch drein.

Und ich nicke. Weiter nichts. Nicke nur lässig, obwohl alles in mir brüllt: Hey, Antonia, kennst du Paulus? Oder kennst du jemanden, der ihn kennt? Zumindest scheint Paulus diese Band zu mögen, die du auch magst, *Colors of Water*, genau das hatte er doch in den Ohren, damals im Zug.

Sie nimmt mir den Player aus der Hand und beginnt, das Kabel zu entwirren, wickelt es dann sorgfältig um das Gerät und lässt sich extra viel Zeit dafür.

»Falls du's genauer wissen willst: Die Sängerin heißt Sinja«, erklärt sie schließlich, steckt den Player zurück in ihre Manteltasche, lehnt sich gegen die Tür und sieht mich an. »Joels Freundin. Und Joel ist der Bassist. Also war er, bevor ...« Sie spricht den Satz nicht zu Ende.

Joel, das ist doch der Name ihres Bruders.

Energisch drückt sie sich von der Tür ab, lässt sich wieder in den Sessel fallen und mustert mich. Viel zu eindringlich für meinen Geschmack.

»Sag mal, Simon, was machst du eigentlich *wirklich* in dieser

Stadt?« In ihrer Stimme liegt eine Spur von Ärger. Als käme sie sich irgendwie verarscht vor.

Ich weiß nicht, ob es dieser Tonfall ist oder ob ich sie einfach nicht anlügen will. Vielleicht ist es auch die Tatsache, dass wir uns weit weg von meinem Zuhause begegnen, hier, wo mich niemand kennt. Keine Ahnung, was es ist, das mich mutig macht, aber aus irgendeinem Grund sage ich es einfach: »Ich suche Paulus.«

»Paulus?« Sie zieht die Stirn in Falten.

Ich nicke.

»Und wer ist das?«

Ratlos zucke ich mit den Schultern. Weil ich es nicht weiß. Weil ich in Wahrheit keine Ahnung habe, wer das ist.

»Er hat dunkle Locken«, beginne ich, »und ist neunzehn, vielleicht mittlerweile auch schon zwanzig, vor einem halben Jahr war er jedenfalls neunzehn.«

Sie schaut jetzt ziemlich neugierig drein, aber mehr fällt mir irgendwie nicht ein.

»Du suchst also diesen Paulus«, wiederholt sie. »Und warum? Ich meine, willst du ihm was heimzahlen, ihm vielleicht in einer dunklen Gasse auflauern und ihn dann zusammenschlagen? Oder stehst du auf ihn?«

Ihre Direktheit überrumpelt mich. »Äh, also nein, ich meine ... zusammenschlagen will ich ihn nicht.«

In ihren Mundwinkeln zuckt ein Grinsen.

»Vor einem halben Jahr hab ich ihn im Zug kennengelernt und wollte ihn eben einfach mal besuchen. Ich weiß, dass er hier studiert, aber ich hab keine Telefonnummer oder Adresse und auch keine Ahnung, wie er mit Nachnamen heißt.«

Sie zieht die Augenbrauen zusammen. »Dann bist du also hier, um einen Typen zu suchen, von dem du eigentlich nicht viel weißt, außer dass er süß ist?«

Schockierend, wie schnell sie mich durchschaut hat.

»Wow, das ist echt ziemlich ... romantisch.« Sie sagt das gar nicht mal sarkastisch, sondern irgendwie ehrlich beeindruckt.

Romantisch. Lenz würde losprusten, wenn ich ihm erzählen würde, dass ein Mädchen mich als romantisch bezeichnet hat.

»Wohl eher idiotisch als romantisch«, murmle ich.

Sie zuckt mit den Schultern. »Idiotisch ist normal, wenn man verliebt ist, oder? Als Joel mit Sinja zusammengekommen ist, hat er ein so ultimativ kitschiges Liebesgedicht für sie geschrieben, dass ich mich echt fremdschämen musste, als ich es auf seinem Computer entdeckt hab.«

Offenbar schnüffeln alle kleinen Schwestern in den privaten Sachen ihrer großen Brüder herum.

»Wie lange waren die beiden denn zusammen?«

Ihre Augen huschen von mir weg und bleiben an der Tapete hängen.

»Fast drei Jahre. Aber in den schlimmsten Phasen muss es echt die Härte gewesen sein. Ich hab mich oft gefragt, wie sie es so lange mit ihm ausgehalten hat.«

»Wieso, was war denn mit ihm?«

Sie seufzt lautlos, stützt die Ellenbogen auf die Knie und das Kinn in eine Hand. »Das ist irgendwie schwer zu beschreiben. Eigentlich war er immer ein echt toller Bruder, lustig und voller verrückter Ideen. Und total klug, aber nicht so ein Strebertyp, sondern einer, der einfach alles gleich kapierte, ohne sich groß anstrengen zu müssen. Okay, manchmal wirkte er vielleicht ein bisschen fahrig und nervös oder philosophierte stundenlang über irgendwelche Theorien, aber ich dachte, so sind Genies eben, die sind halt ein bisschen abgefahren.«

Sie lächelt mich an, dann wird ihr Blick wieder ernst.

»Aber während seines letzten Schuljahres hat er sich plötzlich immer mehr verändert. Ist oft nächtelang in seinem Zimmer auf und ab gegangen und war dann tagsüber dementsprechend gereizt. Hat sich auch allerhand Drogen reingeschmissen, aber das hat anfangs gar niemand mitgekriegt, außer Sinja wahrscheinlich, aber die ist natürlich auch nicht gleich zu meinen Eltern gerannt und hat das ausgeplaudert. Irgendwann ist er schließlich nachts mit dem Auto eines Freundes gefahren und in eine Verkehrskontrolle geraten. Er hatte noch gar keinen Führerschein und außerdem war er betrunken. Keine Ahnung, wie man so blöd sein kann. Jedenfalls haben sie ihn auf der Polizei dann auch auf Drogen getestet, und auf diese Weise haben Mama und Papa das alles überhaupt erst rausgefunden. Es hat natürlich ein riesiges Theater gegeben.«

Sie verdreht die Augen, lacht kurz auf.

»Er hat dann auch wirklich aufgehört mit dem Zeug, aber irgendwie ist er trotzdem weiterhin seltsam drauf gewesen, eigentlich immer seltsamer geworden. Er hat zu dieser Zeit an seiner Fachbereichsarbeit über griechische Mythologie geschrieben und aus der Bücherei ständig dicke Wälzer heimgeschleppt. Nach und nach hat er sein ganzes Zimmer mit Textausschnitten aus irgendwelchen Mythen zugepflastert. Und an seine Zimmertür ein Schild mit *Hier herrscht Poseidon* geklebt.«

Unwillkürlich platzt mir ein kleines Lachen heraus, schnell presse ich die Lippen aufeinander.

Sie blickt mich kurz überrascht an, scheint mir meine Taktlosigkeit aber nicht übel zu nehmen. »Ich weiß, es klingt ziemlich schräg, aber in Wahrheit war es echt schrecklich mitzuerleben, wie er mehr und mehr in seinen Wahn abgedriftet ist. Irgendwann hat Mama ihn ins Auto gepackt und in der Psychiatrie abgeliefert, weil sie sich nicht mehr anders zu helfen wusste.«

Mit den Fingern zwirbelt sie ihre Haare, mit jeder Hand eine Strähne, dreht sie ein, lässt sie wieder aufspringen, dreht sie wieder ein.

»Er war den Sommer über dort, die haben ausgetestet, welche Medikamente er braucht und so. Na ja, und als er dann wieder zu Hause war, hat sich eigentlich alles nach und nach wieder halbwegs normalisiert.«

Sie schaut zu Boden und erzählt nicht mehr weiter, nichts von seinem Verschwinden, nichts über den Grund seines Abhauens. Zwirbelt nur weiter ihre Haare.

»Und die Band?«, frage ich, um etwas zu sagen.

Verständnislos zieht sie die Augenbrauen hoch, aber ich weiß selber nicht genau, wie meine Frage gemeint ist.

»Na ja«, beginnt sie dann zögerlich, »sie waren ursprünglich zu fünft, und als Joel sich während des letzten Schuljahres mehr und mehr ausgeklinkt hat, hatte Sinja irgendwann auch keine große Lust mehr. Nach seinem Spitalsaufenthalt hatte sich Joel zwar wieder einigermaßen gefangen, aber da waren zwei aus der Band schon zum Studieren weggezogen. Sie haben dann zwar zu dritt wieder zu proben begonnen, aber es war nicht mehr dasselbe. Joel hatte das Gefühl, dass ihm die Medikamente seine ganze kreative Energie rauben würden. Das hat er richtig scheiße gefunden.«

Antonia zwirbelt und zwirbelt und mir tut allein vom Zusehen die Kopfhaut weh.

»Sie haben dann trotzdem noch einen Auftritt geplant. Sinja hat ein paar Songs geschrieben, obwohl sonst immer nur Joel oder Max, der Gitarrist, die Texte gemacht haben. Aber das Konzert hat nie stattgefunden, weil Joel eines Tages einfach verschwunden war.«

Sie lässt von ihren Haaren ab, lässt die Hände in den Schoß sinken und schweigt.

Eine Zeit lang ist es ganz still im Raum.

Ich weiß nicht, ob sie weiter darüber reden oder lieber in Ruhe gelassen werden will.

»Eigentlich hab ich Hunger«, gestehe ich schließlich.

Sie schnellt von ihrem Sessel hoch, als hätte sie nur auf ein solches Kommando gewartet. »Gute Idee!«, ruft sie überschwänglich und schnappt sich hektisch ihren Mantel vom Haken. »Worauf hast du Lust?«

»Pizza vielleicht?«, überlege ich.

Sie nickt. »Gleich um die Ecke ist eine Pizzeria, die ist mir vorhin aufgefallen. Bin gleich wieder da.«

»Soll ich nicht mitkommen?«

»Nein, du bist doch noch krank.« Ihr Tonfall ist so bestimmt, dass ich nicht widerspreche.

Im nächsten Moment ist sie schon zur Tür hinaus.

Frutti di mare

Draußen lehne ich mich an die Mauer des Hotels und ringe nach Luft.

So viel wie in der letzten halbe Stunde habe ich in den ganzen zwei Jahren nicht von Joel geredet. Es fühlt sich seltsam an, von ihm zu erzählen. Seinen Namen laut auszusprechen.

Wenn Mama, Enno oder Ines die Sprache auf Joel bringen, blocke ich immer sofort ab. Warum ist es ausgerechnet vor Simon aus mir herausgesprudelt wie ein Wasserfall? Warum kann ich mit einem Fremden über meinen Bruder sprechen?

Vielleicht, weil Simon den Eindruck macht, als wäre er selbst ein bisschen neben der Spur. So generell, meine ich. Vielleicht, weil ich mir vor ihm weniger blöd vorkomme als vor allen anderen, deren Leben so perfekt auf Schiene läuft. Mir fällt die Geste ein, mit der er mich in sein Zimmer gewedelt hat, und ich muss lachen.

Die Pizzeria ist tatsächlich gleich um die Ecke. Drinnen schummriges Licht, in den Fensternischen Zimmerpalmen und aus den Lautsprechern italienische Schnulzenmusik. Im hinteren Restaurantbereich sitzt ein Pärchen an einem Tisch, ansonsten sind offenbar keine Gäste hier.

Ich stelle mich an den Tresen und warte, ziehe mein Handy aus der Tasche und überlege, ob ich mich bei Ines melden soll. Weil ich plötzlich gar nicht mehr sauer auf sie bin.

Ein Kellner kommt aus der Küche. »Buona sera!«

»Buona sera, gibt es die Pizza auch zum Mitnehmen?«

»Sicher.« Er reicht mir eine Karte.

Ich studiere die Pizzen, obwohl ich eigentlich schon weiß, welche ich will. Dann fällt mir ein, dass ich keine Ahnung habe, was ich Simon mitbringen soll.

welche pizza willst du?, schreibe ich ihm.

Die Antwort kommt prompt: frutti di mare

Unwillkürlich verziehe ich das Gesicht.

Ich klappe die Karte zu, und als der Kellner wieder vorbeikommt, bestelle ich eine *Frutti di mare* und eine *Spinaci*.

»Fünfzehn Minuten«, erklärt er und deutet auf einen kleinen Tisch neben dem Eingang. Als ich mich setze, merke ich plötzlich, wie sehr meine Kopfhaut schmerzt. Bestimmt habe ich wieder wie eine Irre mit meinen Haaren gespielt. Wenn Enno das mitkriegt, löst er meine Finger immer ganz vorsichtig aus den verfilzten Strähnen und nimmt sie in seine Hände.

Enno.

Ich wähle seine Nummer, er ist nach zwei Mal klingeln dran.

»Hi«, sagt er, als hätte er auf meinen Anruf gewartet.

»Hi«, sage ich und bin glücklich, seine Stimme zu hören.

»Und?«, fragt er.

»Und was?«, frage ich.

»Na, deine Eltern. Haben sie was gemerkt?«

Ach so. Darüber wollte ich jetzt eigentlich gar nicht reden.

»Ja, haben sie, aber egal«, antworte ich kurz angebunden.

»Egal?«

»Nur Papa hat's gemerkt.«

»Und?«

»Nichts und.«

»Okay, Antonia, dann sag doch einfach, dass du nicht darüber reden willst.«

Er klingt genervt. Wieso bringe ich kein ordentliches Gespräch zustande, selbst wenn ich mir fest vornehme, mich von meiner umgänglichsten Seite zu zeigen?

»Hab behauptet, ich hätte bei Ines übernachtet«, erkläre ich.

Schweigen.

»Enno?«

»Ja.«

»Was?«

»Keine Ahnung.«

»Bist du sauer?«

»Nein.«

Schweigen.

»Du bist *doch* sauer.«

»Nein. Nicht sauer. Aber ich versteh dich einfach nicht.«

»Papa in *dieser* Situation von dir zu erzählen, wäre nicht gerade die beste Idee gewesen.«

»Schon klar. Aber ich schätze, es kommt nie die passende Situation, um deinen Eltern mal von mir zu erzählen und mich zu dir nach Hause einzuladen, stimmt's?«

Jetzt bin ich es, die schweigt.

»Doch«, piepse ich schließlich. »Sie kommt.«

Er seufzt. »Nicht dass ich so scharf darauf wäre, deine Eltern kennenzulernen, aber ich finde, das sagt eben was aus über deine Gefühle zu mir.«

Ich wünschte, er wäre hier. Dann würde ich ihn umarmen und ihm durch die Haare kraulen. Mein Ohr an sein Herz legen. Ihm sagen, wie sehr ich ihn mag und dass die Tatsache, dass ich ihn nie mit nach Hause nehme, absolut nichts über meine Gefühle für ihn aussagt.

Aber er ist nicht da, und es fühlt sich ganz falsch an, dass da nur diese blöde Telefonverbindung zwischen uns ist.

»Du, Enno«, sage ich schließlich, »ich hab gestern im Park einen Typen kennengelernt, der ein bisschen so aussieht wie Joel.«

»Ah ja?«

»Er sieht ihm aber doch nicht ganz so ähnlich, wie ich zuerst gedacht hab.«

»Mhm.«

»Wir wollten uns heute treffen, aber dann ist er krank geworden.«

Wieso erzähle ich Enno eigentlich davon?

»Wieso wolltest du ihn denn treffen?«

»Keine Ahnung. Nur so eben.«

»Aha.« Sein Tonfall ist schroff. Kein Wunder. Wer weiß, was er sich vorstellt.

»Hör zu, Antonia«, sagt er, »also ... wenn du mal wieder Lust hast, *mich* zu treffen, ich meine, richtig zu treffen und nicht einfach nur mal kurz bei mir aufzutauchen, wenn's dir gerade in den Kram passt ...«

»Enno!«, rufe ich dazwischen, aber er ist richtig in Fahrt.

»... wenn du also eines schönen Tages mal wieder Lust hast, dich mit mir, deinem *Freund,* zu verabreden, dann sag Bescheid, okay?«

»Hey, Enno!«, japse ich.

Aber er hat schon aufgelegt.

Ich sitze blöd da und höre dem Schnulzengedudel zu.

Ich könnte noch mal anrufen und das Ganze aufklären. Ihm sagen, dass es absolut keinen Grund für ihn gibt, eifersüchtig zu sein. Aber was würde das bringen? Wahrscheinlich würde ich das Gespräch sowieso wieder vermasseln. Und am Ende geht's wohl gar nicht darum, dass Enno eifersüchtig ist. Sondern darum, dass ich es einfach nicht schaffe, eine Beziehung zu führen, wie man sie sich normalerweise so vorstellt. Weil ich es im Moment überhaupt nicht schaffe, ein Leben zu führen, wie man es sich normalerweise so vorstellt.

Ratlos drehe ich mein Telefon zwischen den Fingern, dann schreibe ich Mama eine Nachricht, dass ich bei Ines zum Filmschauen bin und es vielleicht spät wird.

Sie gibt mir prompt ihren Segen. Papa hat ihr offenbar nichts verraten.

Der Kellner kommt mit zwei Pizzaschachteln aus der Küche und legt sie auf dem Tresen ab. Ich springe auf und gehe hin.

»Bitte schön«, sagt er und gibt mir die Rechnung.

»So viel?«, rutscht es mir heraus.

Er sieht mich ein wenig überrascht an. »Eine *Spinaci* acht Euro neunzig und eine *Frutti di mare* vierzehn Euro neunzig macht zusammen dreiundzwanzig Euro achtzig«, rechnet er mir vor.

Widerwillig ziehe ich den Fünfzigeuroschein aus meiner Hosentasche. Mein Zeugnisgeld. Nur ein Befriedigend, sonst lauter Gut, sogar ein paar Sehr gut sind dabei. Und dieses Geld gebe ich jetzt für eine blöde *Frutti di mare* für vierzehn Euro neunzig aus.

Poseidon, der Arsch, lacht sich jetzt bestimmt ins Fäustchen.

goldgelb

Es klopft kurz, dann steckt Antonia den Kopf ins Zimmer. »Pizzaservice«, flötet sie.

Bei dem Geruch, der mir in die Nase steigt, wird mir erst so richtig bewusst, wie überwältigend groß mein Hunger mittlerweile ist.

»Ich hab unten gerade Vero kennengelernt.«

»Ah, ist sie wieder da?«

»Sie hat gefragt, ob wir ein Glas Wein zur Pizza wollen.«

»Wollen wir?«, frage ich unsicher.

»Wollen wir«, sagt Antonia bestimmt.

»Okay.« Ich greife nach meiner Geldbörse. »Ich muss dann nur noch kurz irgendwo Geld abheben, ich hab nämlich ...«

»Du bist eingeladen«, fällt sie mir ins Wort und klingt dabei ein wenig barsch.

»Danke, aber das ist nicht nötig«, winke ich ab.

»Schon gut, beim nächsten Mal zahlst eben du«, meint sie.

»Ich erinnere dich daran.«

»Okay.«

»Okay«, sagt sie. Und läuft voraus die Treppe hinunter.

»Hola«, ruft Vero, als sie uns sieht, und macht eine einladende Handbewegung in Richtung des kleinen Zimmers hinter der Rezeption. »Nur herein!«

Antonia geht wie selbstverständlich voraus, ich hinter ihr her.

Vero macht den Fernseher aus, nimmt Gläser und Besteck aus einem Schrank, bringt alles zum Tisch und Antonia deckt auf. Ich stehe einfach nur da und weiß nicht, wo ich anpacken soll. Antonia scheint es zu bemerken, denn sie drückt mich kurzerhand auf einen Stuhl.

»Champager!«, ruft Vero und hält eine Flasche hoch. »Wein hab ich leider doch keinen da«, fügt sie hinzu und zuckt entschuldigend mit den Schultern.

»Champagner ist sowieso besser«, erklärt Antonia.

»Ja, und schau mal, da ist sogar Gold drin!«, verkündet Vero.

Die beiden bestaunen ergriffen den Goldflitter, der sich am Flaschenboden abgesetzt hat.

Dann öffnet Vero die Flasche, es knallt und Antonia applaudiert. Vero gießt uns allen großzügig ein.

Wir prosten einander zu.

Öffnen die Pizzakartons, und ohne es vorher abgesprochen zu haben, schneidet sich jeder ganz selbstverständlich von irgendwo ein Stück ab.

Noch nie zuvor habe ich eine *Frutti di mare* probiert, vor Meeresfrüchten hat mir bisher immer gegraust. Die Idee ist mir vorhin, als Antonia geschrieben hat, ganz spontan gekommen. Weil ich an Paulus denken musste. Wie er durchs Meer taucht und all das live sieht, was später vielleicht auf einer Pizza landet. Deshalb. Auch wenn es irgendwie makaber ist.

Innerhalb kurzer Zeit sind nur noch ein paar angebrannte Brösel übrig. Satt und zufrieden verschränken wir die Hände über unseren Bäuchen.

»Wohin nach Spanien ziehst du?«, erkundigt sich Antonia.

Vero hat ihr also auch von ihrem Umzug erzählt. Wie lange haben sich die beiden vorhin wohl unterhalten? Und haben sie dabei auch über mich gesprochen?

»Nach Sevilla«, antwortet Vero.

»Wow.« Antonia macht große Augen. »Ich will später auch irgendwo anders leben.«

»Irgendwo am Meer wäre cool«, schalte ich mich vorsichtig ein.

»Oh ja!«, ruft Vero.

»Sag mal, Vero, kennst du zufällig einen Paulus?«, fragt Antonia im nächsten Moment und ich verschlucke mich fast am Champagner.

»Paulus?« Vero überlegt. »In Sevilla?«

»Nein, hier«, erklärt Antonia, ohne mich dabei anzusehen.

»Paulus«, wiederholt Vero nachdenklich. »Kann sein, dass ich diesen Namen schon gehört hab, aber ich wüsste jetzt nicht, in welchem Zusammenhang.« Sie runzelt die Stirn.

»Er studiert hier«, gibt Antonia weiter Auskunft.

»Welches Fach?«, will Vero wissen.

»Welches Fach?«, fragt Antonia an mich gewandt.

Ich zucke mit den Schultern, immer noch völlig perplex.

»Keine Ahnung«, gibt Antonia Vero die Antwort an meiner Stelle.

Vero sieht jetzt neugierig von Antonia zu mir und wieder zurück. »Was braucht ihr denn von ihm?«

»Seine Telefonnummer wär nicht schlecht«, meint Antonia und grinst.

»Und wer von euch beiden hätte die gern?«

Antonia deutet mit dem Zeigefinger auf mich und da werde ich endgültig rot.

»Ich kann mich ja mal umhören«, bietet Vero an.

Na klar. Tolle Vorstellung, ganz toll. Vero befragt also alle ihre Studienfreunde nach einem Paulus und erzählt dabei jedes Mal brühwarm die Geschichte des wortkargen Sechzehnjährigen, der einfach hierhergekommen ist, um diesen Paulus zu suchen. Wie romantisch!

»Nicht nötig«, winke ich ab.

Aber Antonia widerspricht sofort: »Du willst ihn doch finden, oder nicht?«

»Na ja«, murmle ich und bin mir in diesem Moment plötzlich gar nicht mehr sicher, was ich eigentlich will. Will ich ihn wirklich finden? Auch auf die Gefahr hin, dass die ganze Situation unendlich peinlich werden könnte? Dass er womöglich überhaupt nichts von mir will oder mich nicht mal mehr erkennt? Aber wenn ich ihn in Wahrheit gar nicht wirklich finden will, wozu ist dieser ganze seltsame Trip dann gut?

»Ich hör mich mal um, einverstanden?« Vero lächelt mich an.

Ich spüre, wie ganz plötzlich Ärger in mir aufwallt. Weil Antonia sich einfach in mein Leben einmischt und Vero von Dingen erzählt, die ich ihr im Vertrauen gesagt habe. Wenn ich gemein wäre, könnte ich Vero jetzt auch fragen: Vero, bist du in den letzten Monaten zufällig einem Joel begegnet? Der ist nämlich abgehauen und Antonia sucht ihn. Ich weiß, das wäre echt unfair. Trotzdem finde ich das, was Antonia hier macht, auch nicht in Ordnung.

Ich springe auf und beginne, die leeren Pizzakartons aufeinanderzustapeln. »Die bring ich gleich raus in den Hof zum Müll«, erkläre ich, und Vero nickt ein wenig verdattert.

Die Kälte draußen fühlt sich gut an. Mit Schwung befördere ich die Kartons in einen der übervollen Müllcontainer und presse nach, so fest ich kann. Viel fester als notwendig. Die Wut fährt mir in die Fäuste, und je fester ich drücke, umso mehr davon bleibt vielleicht im Müll zurück. Zuletzt versetze ich dem Container noch einen kräftigen Tritt, sodass er lautstark poltert.

Keine Ahnung, warum ich so wütend bin. Warum es mir wie Verrat vorkommt, dass Antonia die Sache mit Paulus einfach unbekümmert ausplaudert. Schäme ich mich? Dafür, dass ich einem Typen nachlaufe, dem ich nur ein einziges Mal begegnet bin, gerade mal für ein paar Stunden? Dass ich diese idiotische Hoffnung habe, die Begegnung zwischen uns könnte für Paulus ebenso bedeutsam gewesen sein wie für mich? Oder ist es vielmehr die Angst, dass das echte Leben immer langweiliger und farbloser sein wird als der Film in meinem Kopf? Dass das Wiedersehen mit Paulus nichts von all dem bereithalten würde, was ich mir wünsche, weil ich mal wieder nicht die richtigen Worte hätte und nicht aus mir heraus könnte und die Chance, ihm meine Gefühle zu zeigen, einfach verstreichen lassen würde? Dass ich nach Hause fahren würde, und es wäre genau gar nichts passiert, so wie das bei mir immer ist?

Erschöpft lehne ich mich an den Container.

Die Hoftür schwingt auf und Antonia tritt heraus. Sie sieht mich an, kommt zögerlich näher, lehnt sich dann mit einigem Abstand neben mich.

»Tut mir leid.« Es klingt ein bisschen kleinlaut, aber ich spüre trotzdem, dass sie es ehrlich meint.

»Ist okay«, murmle ich.

»Weißt du ...«, beginnt sie, bricht aber wieder ab. Dann doch: »Als ich dich gesehen hab, gestern auf der Bank, da hab ich für eine Sekunde wirklich gedacht, du bist Joel. Im ersten Moment hab ich echt geglaubt, er sitzt da und alles ist wieder gut.«

Sie legt den Kopf in den Nacken und schaut hinauf zu den Sternen. »Wie der Glitter im Champagner, oder?«

Ich nicke.

»Vielleicht ...«, setzt sie an und wandert mit den Augen über den Himmel, »streunt ja auch Joel gerade irgendwo herum. Vielleicht sucht er nach jemandem, wer weiß. Und wenn das so wäre ... dann würde ich ihm wirklich wünschen, dass ihm jemand den entscheidenden Hinweis gibt.« Sie lächelt, irgendwie traurig, aber es liegt auch ein Funken trotziger Hoffnung darin.

Mein Ärger auf sie ist vollständig verpufft. Ich sehe ihr in die Augen und lächle zurück. Und dann rutsche ich ein Stück näher zu ihr, sodass unsere Arme sich berühren.

Es geht

ganz

leicht.

Sperma

Als wir reinkommen, telefoniert Vero gerade, offenbar mit ihrem Freund, zumindest spricht sie spanisch. Kurz unterbricht sie das Gespräch und fragt: »Alles klar bei euch beiden?« Strahlt uns an. Ist in Gedanken aber wohl bei ihrem Lover.

»Ich mach mich mal auf den Weg«, erkläre ich. »Danke für den Champagner!«

»Gern«, sagt sie, nickt.

»Soll ich dir beim Abwaschen helfen?«, fragt Simon.

Sie schüttelt heftig den Kopf und lacht. »Auf keinen Fall.«

»Dann geh ich wieder ins Bett«, meint er und sie winkt uns

hinterher, nimmt das Telefon ans Ohr und plappert munter weiter.

Ich muss an Enno denken. An unser Telefonat vorhin. Und etwas in mir wird ganz schwer.

»Danke für die Pizza«, sagt Simon, als wir uns draußen vor der Rezeption gegenüberstehen.

Ich nicke. »Hoffentlich bist du morgen wieder ganz gesund.«

»Bestimmt«, meint er. »Ich meld mich bei dir.« Dann zieht er seine Hände aus den Hosentaschen und steht unschlüssig vor mir.

Ich mache einen Schritt auf ihn zu, wir umarmen uns ganz leicht und küssen uns kurz auf die Wangen.

»Ciao.«

»Mach's gut.«

Draußen grabe ich meine Hände tief in meine Manteltaschen, stoße dabei auf den Stein aus dem Kaugummiautomaten. Er ist kalt und ich umschließe ihn fest mit der Faust.

Eilig setze ich Fuß vor Fuß, falle schließlich in einen leichten Laufschritt. So lässt sich die Kälte besser aushalten.

Ich denke an Ines. Der Streit zwischen uns macht mir Bauchweh.

Und an Simon. An den Ärger in seinem Blick, als ich Vero nach Paulus gefragt habe. Wie ähnlich er in diesem Moment Joel wieder gesehen hat.

Immer, wenn einer von uns Joel verklickern wollte, dass er nicht Poseidon ist, sondern einfach nur Joel, hat er diesen stummen Ärger in den Augen gekriegt. Eine Zeit lang habe ich echt versucht, ihm dieses Poseidon-Zeugs auszureden. Ich dachte, es wäre einfach eine Frage der Logik oder meiner Überzeugungskunst. Ich wollte einfach nicht wahrhaben, dass Vernunft dabei nichts ausrichten konnte.

Als ich in unsere Straße einbiege, sehe ich jemanden an unserem Zaun lehnen.
Enno.
Keuchend bleibe ich vor ihm stehen.
»Wie lange wartest du denn schon hier?«
»Auch hallo«, erwidert er.
»Es ist eiskalt!«
»Hab ich bemerkt.«
»Und warum ... Ich meine, wieso wartest du hier auf mich? Du hättest anrufen sollen, dann hätte ich ...«
Er schlingt seine Arme fest um mich, küsst mich, schiebt meine Lippen sachte auseinander. Seine Zunge ist warm. Ich drücke mich an ihn, froh darüber, dass er nicht mehr sauer auf mich ist, froh darüber, nicht mehr denken zu müssen, sondern küssen zu dürfen, küssenküssenküssen, bis ich keine Kälte mehr spüre und sich alles aufgelöst hat in meinem Kopf.
Bis es nur noch
warm
weich
Zunge
Enno
gibt.
Irgendwann lösen sich unsere Lippen, aber meine Arme halten sich weiterhin an ihm fest. Vielleicht lasse ich ihn einfach nie wieder los.

Er streicht mir über die Wangen und sieht mich an. »Ich komm mit rein«, erklärt er und es liegt keine Spur einer Frage darin.

Überrascht schaue ich ihm in die Augen.

Dann nicke ich.

Erleichtert darüber, dass er mir die Entscheidung abgenommen hat, dass das Verheimlichen ein Ende hat. Noch dazu, wo ich noch nicht mal weiß, warum ich ihn die ganze Zeit verschwiegen habe.

Entschlossen nehme ich ihn an der Hand und öffne das Tor. Keine Ahnung, wie spät es ist, elf vielleicht, aber ich schätze, Mama und Papa sind schon im Bett.

Drinnen streifen wir unsere Schuhe ab und hängen unsere Jacken an die Garderobe. Als hätten wir es schon hundert Mal so gemacht. Dann gehe ich voraus durch das dunkle Haus und Enno folgt mir dicht hinterher.

Ich öffne meine Zimmertür, lasse ihn herein, schließe hinter uns ab. Das Licht der Straßenlaterne fällt durchs Fenster. Enno steht einfach nur da und lässt die Augen über mein kleines Reich schweifen. Es gibt hier nichts Besonderes zu sehen, es ist ein gewöhnliches Mädchenzimmer, trotzdem weiß ich, dass dieser Moment wichtig ist. Still beobachte ich seinen Gesichtsausdruck, während er sich in aller Ruhe umschaut. Schließlich lasse ich ihn stehen, gehe zum Fenster und stelle mich an die hellste Stelle im Raum. Ziehe meinen Pulli aus, die Jeans, das Shirt, die Socken, bis ich in meiner schwarzen Unterwäsche dastehe, schwach beleuchtet vom Schein der Laterne.

Und Enno schaut.

Weiß wohl nicht, wie er das Ganze deuten soll.

Ich weiß es ja selber nicht. Ist es heute so weit? Oder bleibt die Platte wieder an der üblichen Stelle hängen?

Er lässt sich Zeit, schaut erst mal nur. Kommt dann doch zu mir, legt seine Hände an meine Taille, streicht mit seinen beiden Daumen um meinen Bauchnabel. Wandert dann zu meinen Hüften, zu den Pobacken, schließlich den Rücken hinauf. Er hakt meinen BH auf, streift ihn mir über die Schultern, hat sich ungefähr drei Sekunden später wie durch Zauberhand komplett von seiner eigenen Kleidung befreit.

Wäre die Situation nicht gerade so aufgeladen, würde ich über den Drei-Sekunden-Entkleidungstrick lachen und Enno fragen, wie lange er ihn geübt hat.

Nackt steht er vor mir und sieht mich abwartend an.

Ich strecke meine Hand nach seiner Erektion aus.

Ich weiß, wie sie sich anfühlt, in meinem Mund. Dieser leicht süßliche Geschmack der Spitze. Ich weiß, wie sie sich anfühlt in meiner Hand und wie fest und schnell Enno es mag. Ich weiß, wie es sich anfühlt, wenn sein Sperma auf meinem Bauch landet und über meine Hüfte rinnt.

Aber ich weiß nicht, wie Enno sich anfühlt tief drinnen in mir. Weil es da immer diesen Moment gegeben hat, über den ich nicht hinauskonnte. Und Enno nie sagen wollte, warum.

Er schlingt seine Arme um mich und küsst mich heftig. Wir tasten uns vor in Richtung Bett, und als ich die Matratze in meinen Kniekehlen spüre, lasse ich mich rücklings fallen und ziehe Enno einfach mit. Unsanft landen wir aufeinander und kichern überdreht. Er zieht mir den Slip aus und vergräbt seinen Kopf zwischen meinen Beinen und in meinem Hirn beginnt sich alles in süßen, zähflüssigen Honig zu verwandeln.

Irgendwann hält er inne, lehnt sich über die Bettkante und greift nach seiner Jeans, holt aus seiner Geldbörse ein Kondom hervor, reißt die Verpackung auf und streift sich das Gummi über. Ist im nächsten Moment über mir.

Hatten wir alles schon.

»Alles okay?«, flüstert Enno und sieht mir in die Augen.

Ich versuche, mich auf den weichen Honig in meinem Kopf zu konzentrieren, der alle Gedanken verschluckt.

»Alles okay«, flüstere ich.

Honig.

Honig.

Honig.

Er beginnt wieder, mich zu streicheln.

Honig.

Honig.

Honig.

...

Scheiße.

Es klappt nicht. Ohne dass ich es verhindert könnte, tauchen die Gedanken wieder aus der wabernden Masse auf.

»Enno«, stoße ich hervor, und er seufzt, noch bevor ich ein weiteres Wort sagen kann. Weil er schon weiß, was jetzt kommt.

»Es geht nicht.«

Déjà-vu.

Ich bin so scheißwütend auf mich selbst.

Irgendwann muss ich mich doch endlich mal von der Stelle bewegen.

Ich balle die Fäuste. Irgendwann ist *jetzt*, sage ich mir, brülle ich mich selber innerlich an.

»Und weißt du, warum ich nicht kann«, stoße ich hervor, »warum ich *nie* kann?«

Weiterzureden fühlt sich so schwer an, als müsste ich mich aus einem Moor, das mich schon bis zur Hüfte verschluckt hat, freikämpfen.

»Weil ich dir was sagen muss.«

Er hält inne und sieht mich ein wenig verwirrt an.

»Nämlich, dass das nicht mein erstes Mal ist.«

So. Jetzt ist es raus.

Enno schaut mich ein paar Sekunden an, blinzelt dann kurz und beginnt im nächsten Moment wieder, mich zu küssen.

So als wäre die Sache damit erledigt. So als wollte er sagen: Ach, wenn es nur das ist, was du loswerden wolltest ...

Nun gut. Ich habe gesagt, was ich sagen wollte, dann ist doch jetzt alles okay, oder? Ist doch egal, ob das mein erstes Mal ist oder nicht. Seines ist es ja sowieso auch nicht, also wo liegt das Problem?

Aber in Wahrheit ist es natürlich nicht egal. Nicht unter diesen Umständen.

»Es ist auch nicht das zweite Mal«, japse ich und ringe vor lauter Herzklopfen nach Luft.

Er hält wieder inne, stützt sein Gesicht in die eine Hand, sieht mich jetzt doch ein wenig forschend an. Seine andere Hand liegt immer noch auf meinem Schenkel.

Es wäre ein guter Moment, um mich einfach aufzulösen. Aber ich muss da jetzt durch.

»Es ist schon eine Weile her«, beginne ich und schließe die Augen, weil ich ihn nicht länger ansehen kann. »Es war voriges Jahr, Ende April, als ...«

Ich weiß, welcher Gedanke ihm jetzt gleich durch den Kopf schießen wird: Im April waren wir beide doch schon zusammen.

Seine Hand rutscht von mir runter, er lässt sich neben mich in die Matratze sinken und atmet geräuschvoll aus.

Keine Berührungspunkte mehr zwischen uns.

Ich öffne die Augen, sehe vorsichtig zu ihm, aber er hat seine jetzt geschlossen.

»Es war an dem Abend, als Mama angerufen hat«, setze ich zu einer Erklärung an, einer Rechtfertigung. Aber es lässt sich nicht erklären und schon gar nicht rechtfertigen.

»Und am nächsten Tag noch mal«, füge ich leise hinzu. Weil es rausmuss, keine Ahnung, wieso, aber es

muss

einfach

raus.

Von Enno kommt kein Wort.

Nach einer Weile öffnet er die Augen. »Weißt du, Antonia, ich würde dich echt gern verstehen«, sagt er zur schwarzen Zimmerdecke hinauf. »Aber ich versteh dich einfach nicht.«

Ich beiße mir so fest auf die Lippen, dass ich im selben Moment schon das Blut schmecke.

Er richtet sich auf und schiebt die Beine aus dem Bett, zieht sich das Kondom so ruckartig ab, dass es *plopp* macht und ich zusammenzucke. Dann steht er auf, schlüpft in seine Kleidung, steckt die Geldbörse ein. Dreht sich kein einziges Mal zu mir um. Und ist weg.

Das war's dann wohl.

Mama wird morgen nicht seine Schuhe in der Garderobe entdecken, nicht seine Jacke am Haken hängen sehen. Wird sich nicht wundern, wem die Sachen gehören. Sie wird keine Ahnung haben, dass er da war. Dass es ihn jemals gegeben hat in meinem Leben.

Und das alles wegen einem, den ich nicht mal nach seinem Namen gefragt habe. Mit dem ich nur geschlafen habe, um dieses schreckliche Loch in mir zu füllen. Und den Schmerz totzustoßen.

Aber sofort danach ist er wieder aufgepoppt.

Und nach dem nächsten Schlag wieder.

Und wieder.

Ein Gegner mit tausend Leben.

Mein Hals ist zugeschnürt wie kurz vor dem Ertrinken.

Ich möchte in meine Matratze heulen, aber es kommt keine einzige Träne.

schaumkronenweiß

Wenn morgen die Sonne scheint, werde ich beim Teich am Rosenhügel Paulus treffen.

Er wird mit ein paar Freunden Hockey spielen.

Er wird mit seiner kleinen Nichte Schlittschuh laufen üben.

Er wird da sein, um Fotos zu machen, weil Fotografieren sein Hobby ist.

Hast du den Film eigentlich jemals entwickeln lassen, Paulus?

Welche Fische hast du fotografiert mit dieser Kamera, mit der du zuvor mich abgelichtet hast?

War jemand bei dir, als du durchs Meer getaucht bist?

Und wie sehe ich aus durch die Linse einer *Fisheye Submarine*? Ist meine Nase da noch größer als sonst?

Ich frage mich, warum ich eigentlich so getan habe, als sei ich wahnsinnig vertieft in mein Buch, anstatt dich anzusehen. Obwohl ich genau das wollte, dir zusehen, wie du Kaffee aus dem zerknitterten Pappbecher trinkst und an deiner Oberlippe ein bisschen Milchschaum hängen bleibt.

Milchschaumkronen.

Warum habe ich dich nicht einfach nach den Geräuschen unter Wasser gefragt, sondern es bleiben gelassen aus Angst, einen ähnlich verständnislosen Blick von dir zu ernten wie von meiner Mutter?

Und dann, als du mir einen Stöpsel deiner Kopfhörer hingehalten, dich von deinem Sitz hochgedrückt und neben mir niedergelassen hast, als unsere Köpfe zueinander gewandert sind, damit das Kabel für uns beide reicht, warum habe ich da schnell zu Boden geschaut?

Und nachdem du mir schon drei Stunden von den Fischen und Korallen erzählt hattest, von der Stadt, in der du studierst, vom Beruf deines Vaters und davon, dass du dich als kleiner Bub vor einem Feuersalamander gefürchtet hast, aber nicht vor dem großen Nachbarshund, der dich ein paar Jahre später dann in die Hand gebissen hat, warum verdammt noch mal habe ich dich da nicht einfach nach deiner Telefonnummer gefragt, obwohl ich doch wusste, gleich kommt die Station, bei der ich aussteigen muss?

So viele Fragen.

Aber die eigentliche Frage ist doch: Was soll ich dir überhaupt sagen, wenn wir uns tatsächlich hier begegnen? Dass ich nur deinetwegen da bin? Dieser Flut wegen, die du in mir ausgelöst hast, damals im Sommer, vor einem halben Jahr? Dass ich einfach in den Zug gestiegen und hierhergefahren bin, in die fremde Stadt, ständig die Hoffnung im Hinterkopf, sie möge klein genug sein für diesen Zufall?

Und was, wenn du gar nicht da bist? Wenn du verreist bist, auf die Kanaren oder Malediven geflogen, irgendwohin, wo es um diese Jahreszeit warm genug zum Tauchen ist?

DONNERSTAG,
fünfter Februar

Kaffee

Die Sonne scheint zum Küchenfenster herein und lässt die Schokoflocken, die ganz obenauf in meiner Müslischale schwimmen, langsam schmelzen.

Papa ist längst nebenan in seiner Werkstatt, Mama ist vorhin gerade aus dem Haus. Ich habe gewartet, bis die Tür ins Schloss gefallen ist. Heute Morgen den beiden zu begegnen, wäre der Overkill gewesen.

Die Kaffeemaschine blubbert.

Ich hasse Kaffee, aber heute muss es sein.

Als Strafe.

Für all meine Schandtaten.

Die da wären:

Erstens –

Ich bin seit fast zehn Monaten ein wandelndes Ungeheuer. Und das, obwohl sich alle um mich herum den Arsch aufreißen in ihren Bemühungen um mich. Wieso sind die bloß alle so geduldig mit mir? Weil sie hoffen, dass sie mir nur genug Zeit geben müssen und ich mich schon irgendwann wieder fangen und mein Leben auf die Reihe kriegen werde?

Aber was, wenn nicht?

Was

wenn

nicht?

Zweitens –

Ich habe mit irgendeinem Arschloch-Typen geschlafen.

Zwei Mal.

Lügnerin.

Das macht eine zusätzliche Tasse.
Es waren drei Mal.
Drittens –
Ich habe Enno vertrieben.
Viertens –
Ich habe Joel ...
Mein Handy piept.
lust auf eislaufen am rosenhügel heute nachmittag? simon
Eislaufen? Das habe ich ja schon seit Jahren nicht mehr gemacht.

Als Joel und ich klein waren, ist Papa oft zu Weihnachten mit uns Schlittschuh laufen gegangen, während Mama zu Hause den Baum geschmückt hat. Joel und ich haben Pirouetten probiert und manchmal hat Papa uns an einem Ast über den Teich gezogen. Später hat das aufgehört, das mit dem Eislaufen. Zu Weihnachten stand dann immer zur Wahl: zu Hause mit Mama Kekse backen oder mit Papa den großen Feiertagseinkauf erledigen. Meistens habe ich gar nicht richtig darüber nachgedacht, worauf ich mehr Lust hatte, sondern mich einfach für dasselbe wie Joel entschieden.

Unschlüssig drehe ich mein Handy zwischen den Fingern.
wieder ganz gesund?, schreibe ich schließlich ausweichend zurück.
yep. und die sonne scheint:-), kommt prompt seine Antwort.
Der scheint ja heute richtig gut drauf zu sein, im Gegensatz zu mir.
Ich löffle mein Müsli fertig, räume das Geschirr in die Spülmaschine und gieße mir eine Tasse Kaffee ein.

Nippe daran.

Igitt.

Schnell kneife ich die Augen fest zu und trinke alles in einem Zug aus.

Am liebsten würde ich mich gleich wieder ins Waschbecken übergeben.

Ich halte den Mund unter den Wasserhahn und spüle nach.

Dann gehe ich in den Keller, öffne auf gut Glück einen der riesigen Schränke, lasse meinen Blick eine Weile schweifen und krame dann im untersten Fach.

Tatsächlich werde ich fündig. Meine Schuhe sind pink mit weißen Schnallen, Größe 33. Wie süß. Joels Schuhe sind schwarz mit leuchtgrünen Sprenkeln, 38. Das sollte gehen für mich. Simon ist ziemlich groß, dem passen vermutlich Papas 42er.

Ganz hinten liegt ein Hockeyschläger, ich ziehe ihn heraus und fädle ihn durch die Kufen der Schlittschuhe. Dann stelle ich die pinken Schuhe zurück und schließe die Schranktür.

Zurück in der Küche, schreibe ich Simon.

14:30 beim teich? ich hab übrigens schuhe für dich, ich nehme an, du brauchst welche

Ich lege das Handy weg und gieße mir die nächste Portion Kaffee ein. Mit Milch vermischt wäre das Zeug vermutlich leichter zu ertragen, aber Erleichterungen jedweder Art sind natürlich unzulässig.

Eine Weile starre ich in die Tasse. Wie kann jemand freiwillig so etwas Ekliges trinken?

Und wie kann es sein, dass *ich* so eklig geworden bin, so zornig und genervt, so rücksichtslos in meinem Verhalten?

Und wie bescheuert ist eigentlich der Gedanke, ich könnte mich durch Kaffeetrinken für irgendwas bestrafen oder könnte dadurch sogar etwas wiedergut- oder ungeschehen machen?
Ich bin eine Idiotin.
Die größte Idiotin überhaupt.
Mit Schwung gieße ich den Kaffee in die Spüle und den Rest aus der Kanne gleich hinterher. Dann greife ich zum Telefon und wähle Ennos Nummer. Mein Herz pocht bis hinauf in meine Ohren, wahrscheinlich kriege ich kein Wort heraus.
Tuut ... tuut ... Atmen, Antonia! *... tuut ... tuut ...*
Er geht nicht dran.
Zerstreut öffne ich eine Schublade, schließe sie wieder, sehe in den Kühlschrank. Im Seitenfach steht eine Flasche Litschisaft. Den hat Joel geliebt, er hatte eigentlich immer eine Flasche in greifbarer Nähe, und Mama kauft ihn immer noch, als könnte es passieren, dass Joel plötzlich dasteht und fragt: Ist etwa kein Saft mehr im Haus? Oder: Wieso, zum allmächtigen Poseidon, habt ihr meinen Saft weggeschüttet? Ihr habt es wohl alle auf mich abgesehen, alle!
Nicht witzig, ich weiß.
Ich setze die Flasche an die Lippen.
Als ich Joel zum letzten Mal gesehen habe, hatte er eine Flasche Saft in der Hand. Ich weiß das nur deshalb noch so genau, weil ich ihm beim Trinken zugesehen und beobachtet habe, wie sein Adamsapfel bei jedem Schluck auf und ab gehüpft ist. Es war irgendwie faszinierend anzusehen. Er ist in mein Zimmer gekommen, hat sich auf mein Bett fallen lassen und mir ein Kompliment gemacht, für meinen Pulli oder die Ohrringe, ich erinnere mich nicht mehr genau, aber ich wusste, es war nicht

nur ein Kompliment für meine Kleidung oder mein Aussehen, sondern auch seine Art, mir zu sagen, dass er mich gernhatte.

Und ich hatte ihn auch gern. Sehr sogar. Trotz allem, was passiert war.

Ich hätte ihm das an dieser Stelle einfach sagen sollen, aber genau, wie er es mir nicht direkt sagen konnte, ging es mir umgekehrt auch so. Also habe ich ihm stattdessen mein größtes und wichtigstes Geheimnis anvertraut: dass ich vergangene Nacht Enno geküsst hatte. Und die ganze Welt umarmen wollte. Und dass Enno wunderbar war und süß und witzig und alles.

»Tja, dann brauchst du mich ja jetzt nicht mehr«, hat Joel am Ende gesagt und dabei ein bisschen verschmitzt gegrinst, aber sein Tonfall hat nicht ganz zu seinem Gesichtsausdruck gepasst, da hat noch was mitgeschwungen, so was wie Enttäuschung vielleicht.

Habe ich jedenfalls damals gedacht.

Heute denke ich: Vielleicht war es eher Erleichterung. Erleichterung darüber, dass ich glücklich war und ihn vielleicht nicht so sehr vermissen würde, Erleichterung darüber, dass er guten Gewissens abhauen konnte.

Ich wusste damals ja nicht, dass er zu dem Zeitpunkt seine Medikamente schon seit Tagen, vielleicht sogar seit Wochen nicht mehr schluckte. Mama hat später mehrere ungeöffnete Packungen irgendwo ganz hinten in einer Schublade von Joels Schreibtisch gefunden.

Hätte ich das gewusst, hätte ich ihm wohl kaum von Enno erzählt, sondern ihn zu überreden versucht, die Tabletten wieder zu nehmen. Aber ich wusste es nicht und habe ihm arglos von meinem Glück berichtet. Und er hat gemerkt, dass seine kleine Schwester längst ihr eigenes Leben lebt und er sich nicht mehr für sie verantwortlich fühlen muss.

Ich bin schuld daran, dass Joel weggegangen ist.

Ich.

Weil ich die Einzige war, die ihn daran hätte hindern können.

Das ist die ganze, schreckliche Wahrheit.

Und keiner außer mir weiß das.

avocadogrün

Bevor ich den kleinen Zettel auffalte, den mir der missmutige Typ an der Rezeption ausgehändigt hat, entferne ich mich zuerst ein paar Meter vom Hotel.

Probier's mal im Bel Étage. Viel Glück! Vero

Es dauert einen Moment, bis ich kapiere, was sie damit meint, dann aber nimmt mein Puls volle Fahrt auf. Vielleicht ist das ja der entscheidende Hinweis. Und was dann? Bin ich überhaupt bereit dafür? Dafür, dass mal was passiert in meinem Leben? Dafür, dass *ich* vielleicht mal was dazu beitragen muss, damit was passiert in meinem Leben? Oder sollte ich es doch lieber machen wie sonst auch immer: einfach passiv sein. Still stehen. Nichts tun. Nicht das Risiko eingehen, mich zu blamieren oder enttäuscht zu werden. Nur tief in mir drinnen weitersehnen und in meinem eigenen Kopfkino zu Hause sein.

Okay. Erst mal wieder runterkommen.

Dann einen Bankomat finden. Ich weiß zwar nicht, wie viel Geld noch auf meinem Konto ist und ob überhaupt noch welches drauf ist, aber vielleicht kann ich den Rahmen ja überziehen. Schlimmstenfalls muss ich es mit Schnorren versuchen. Das Geld fürs Hotel darf ich jedenfalls nicht anrühren.

Im Laufschritt biege ich in die Hauptstraße ein und halte nach dem blau-grünen Bankomat-Zeichen Ausschau. Keine hundert Meter weiter leuchtet es mir von der anderen Seite entgegen, ich überquere die Fahrbahn und füttere den Automaten mit meiner Kontokarte. Er spuckt bereitwillig fünfzig Euro aus.

Gleich daneben ist ein Supermarkt. An der Feinkosttheke bestelle ich zwei Wurstsemmeln, aus dem Kühlregal schnappe ich mir eine Flasche Cola. Die stelle ich aber gleich wieder zurück, vorerst muss Leitungswasser reichen. Ich nehme noch eine Familienpackung Müsliriegel und drei Avocados.

Draußen knallt die Sonne vom Himmel.

Na, wenn das kein Zeichen ist.

Insel

Antriebslos streune ich durchs Haus.

Von der Küche aufs Klo.

Vom Klo ins Bad.

Wie in Zeitlupe wasche ich mir die Hände, bürste mir die Haare, tusche meine Wimpern. Wie soll ich bloß all die Zeit füllen, die sich so unendlich dehnt, seit ich ständig auf einen Anruf von Enno warte, eine Nachricht, irgendwas.

Im Badezimmerschrank krame ich nach einem Lippenstift. Mama besitzt jede Menge Lippenstifte, in allen Farbnuancen, früher hat sie ständig welchen getragen. Jetzt trägt sie kaum noch Schminke. Ich nehme von allen Lippenstiften, die ich finden kann, die Kappen ab, drehe einen nach dem anderen heraus, danach alle wieder zurück in ihr Gehäuse. Lippenstift passt nicht zu mir.

Ich verlasse das Badezimmer, gehe wieder in die Küche, nehme einen Schluck vom Litschisaft, schlurfe mit der Flasche unterm Arm ins Wohnzimmer und lasse mich auf der Couch nieder. Schalte den Fernseher an und zappe eine Zeit lang durch die Kanäle, bleibe schließlich bei einer Telenovela hängen. Aber länger als zehn Minuten ertrage ich dieses weichgezeichnete Gesülze nicht. Also Fernseher wieder aus.

Ob Enno wohl nie wieder mit mir reden wird? Ich muss mich zwingen, ihn nicht noch einmal anzurufen, schließlich will ich keinen solchen Telefonterror abziehen, wie Joel ihn in seinen schlimmsten Phasen mit Sinja betrieben hat.

Ich nehme mein Handy und überlege.

Aber die richtigen Worte wollen mir nicht einfallen und ich fühle mich unendlich erschöpft.

Schließlich tippe ich eine Nachricht.

hey.

hey, kommt es keine halbe Minute später zurück.

noch böse?, frage ich.

schon längst nicht mehr, antwortet sie, *und du?*

keine spur

puh:-), schreibt sie.

puh:-), antworte ich. *was machst du gerade?*

fernsehen. und du?

litschisaft trinken. und heute abend?

das übliche

blue cat?

ja. und hoffen, dass ich von meinem inselstatus erlöst werde

inselstatus?
du weißt schon: kein mensch ist eine insel oder so ähnlich
hä?
na ja, soll heißen: der mensch braucht beziehungen
hast du doch
soll übersetzt ins ines'sche heißen: die frau braucht einen lover
was ist denn mit dem typen von vorgestern?
mal sehen, ob er heute wiederauftaucht
ich drück dir die daumen!
merci cherie;-)

ockerbraun

Nach einer Dusche, zwei Wurstsemmeln und drei Avocados lege ich mich wieder ins Bett und falte Veros Zettel noch mal auf.

Bel Étage. Vermutlich eine Bar, vielleicht auch ein Club. Ich sollte es unbedingt googeln, bevor ich hingehe.

Passt Paulus besser in eine Bar oder in einen Club?

In Wahrheit habe ich nicht die geringste Ahnung. In Wahrheit weiß ich nicht viel mehr, als dass er die Angewohnheit hat, sich bei Hitze den Schweiß mit seinem T-Shirt von der Stirn zu wischen. Oder dass er das zumindest in einem ultraheißen, nicht klimatisierten Zugabteil so macht. Dass die Haut auf seinem Bauch ockerbraun ist und seine Arme und Beine bei jeder Berührung kleine elektrische Schläge aussenden, die wie Wellen durch meinen ganzen Körper gewandert sind.

War das nun Zufall oder Absicht, das mit den Knien und Schultern und Unterarmen und Händen?

Ganze sechs Monate ist das jetzt her und ich zehre immer noch davon. Weil danach nichts mehr in meinem Leben passiert ist, das auch nur annähernd so gut war. Wird das immer so weitergehen? Dass ich mich an solche Kleinigkeiten klammern muss, weil einfach nicht mehr passieren wird, nicht mehr als ein paar flüchtige Berührungen? Weil das schon alles war, the whole fucking shit of my whole fucking live?

tauchen

Mit wackeligen Beinen schlittere ich über das Eis, ich hätte nicht gedacht, dass man beim Schlittschuhlaufen aus der Übung kommen kann, aber es ist so. Simon scheint keinerlei Schwierigkeiten zu haben, er umrundet mich immerzu, legt sich dabei sicher und geschmeidig in die Kurven, lässt mein Tun dadurch noch unbeholfener wirken.

»Angeber«, grummle ich, »fährst wohl jeden Tag, oder?«
»Schon seit Jahren nicht mehr«, lacht er.
Ich schnaube.
Er bremst dicht vor mir ab und streckt die Arme nach mir aus. »Soll ich dich ein Stück ziehen?«
Ich lege den Kopf schief und sehe ihn argwöhnisch an. Er lächelt unschuldig und ich ergreife seufzend seine Hände.
Er fährt sogar rückwärts viel sicherer als ich vorwärts. Anfangs lasse ich mich einfach von ihm ziehen wie ein plumper Sack Kartoffeln, aber schließlich kehrt meine Sicherheit zunehmend zurück, und mein Körper erinnert sich wieder daran, wie man am besten auf zwei dünnen Kufen über das Eis kommt. Meine Schrittlängen werden weiter und mutiger.

Irgendwann löst Simon seine Hände aus meinen, kurz protestiere ich, aber er ist unbarmherzig, und dann klappt es wider Erwarten auch ohne seine Stütze ganz gut.

Es sind kaum Leute hier, wir haben genug Platz für weitläufige Schleifen. Schweigend lassen wir uns die Sonne ins Gesicht scheinen und hören dem Knirschen der Eisdecke unter unseren Füßen zu. Verblüffend, wie normal es sich anfühlt, in Simons Nähe zu sein. Als würden wir uns schon lange kennen. Aus den Augenwinkeln beobachte ich ihn, und als er meinen Blick bemerkt, lächelt er.

Im nächsten Moment greift er nach meiner Hand, beschleunigt und zieht mich mit, wir werden immer schneller, er hat Kraft für uns beide. Meine Haare flattern, es kribbelt in meinem Bauch, ich habe Angst, gleich den Halt zu verlieren.

»Stopp!«, kreische ich, meine es aber gar nicht so, und Simon hört auch nicht darauf, wir fliegen über den Teich und tief in meinem Bauch beginnt etwas zu gurgeln, bricht als hemmungsloses Kichern aus mir heraus und dann entfährt mir ein Jauchzen.

Wann habe ich mich zuletzt so frei und unbeschwert gefühlt?

Wann
  wann
  wann?

Als wir wieder zum Stillstand kommen, keuchen wir und lachen uns an. Mir fällt auf, dass ich kaum noch etwas von Joel in Simon erkenne.

Außer Atem deute ich auf die Trauerweide am Rand des Teiches. »Kurze Pause?«

Er nickt, wir laufen gemächlich hin. Stapfen über die gefrorene Erde und lassen uns auf einem großen Stein unter dem Baum nieder. Trotz der fehlenden Blätter verleihen die herabhängenden Zweige dem Ganzen einen Touch von Geheimversteck.

Simon zieht zwei Müsliriegel aus seiner Jackentasche hervor und streckt mir einen davon entgegen. Wir kauen schweigend und sehen den Leuten zu, die auf dem Eis ihre Pirouetten drehen. Oder auf dem Hintern landen. Ein paar Kinder lachen und kreischen.

»Was machst du, wenn du Paulus nicht findest?«, frage ich irgendwann.

Simon zuckt mit den Schultern. »Weiß nicht.«

Er könnte mich jetzt umgekehrt fragen: Was machst du, wenn du Joel nicht findest, wenn er nie mehr auftaucht? Das wäre dann ein guter Zeitpunkt, um ihm die Wahrheit zu erzählen. Aber er fragt nicht.

»Joel hatte total die Paranoia, dass Sinja ihn ständig betrügen würde.« Es fängt schon wieder an, aus mir herauszusprudeln. »Es hat Nächte gegeben, da hat er sie mit Telefonanrufen regelrecht bombardiert, ich hab ihn durch die Zimmerwand gehört, er hat geschluchzt und gewimmert und sie angefleht, ihn nicht zu verlassen. Manchmal hatte ich echt den Eindruck, dass ihn diese große Liebe zu Sinja verrückt gemacht hat. Oder eben die Angst, sie eines Tages zu verlieren.«

»Und sie?«, will Simon wissen. »Wie hat sie auf das alles reagiert?«

»Keine Ahnung, jedenfalls hat sie nicht Schluss gemacht.«

»Sind die beiden in dieselbe Klasse gegangen?«

»Ja. Eigentlich wollten sie nach der Matura zusammen durch Skandinavien trampen, sie hatten schon die ganze Zeit Geld dafür gespart. Aber Joel hat die mündliche Prüfung total versaut, weil er auf keine Frage normal geantwortet, sondern nur wirres Zeug geredet hat. Spätestens da haben alle gewusst, dass er ernsthaft durchgedreht ist, auch die, die es zuvor noch für einen Scherz gehalten hatten, dass seine Fachbereichsarbeit mit *Poseidon* unterzeichnet war.«

»Wow, das ist echt ...«

»Schräg, ich weiß«, beende ich seinen Satz.

Er grinst mich ein wenig schief an. Vorsichtig, als wüsste er nicht, ob sein Grinsen fehl am Platz ist.

Eigentlich ist es okay, trotzdem reagiere ich ein wenig patzig. »Sag bloß, du hast keine Macken?« Als müsste ich Joel verteidigen. Oder mir selber immer noch einreden, dass er ja gar nicht sooo verrückt war, nur ein bisschen schrullig, so, wie Genies eben meistens sind.

»Tja, vermutlich hab ich auch ein paar Macken«, gibt Simon zu.

»Vermutlich?« Ich muss lachen. »Ganz sicher! Zum Beispiel deine Art, nicht zu wissen, was du mit deinen Armen und Händen machen sollst. Oder dass du die Liebe deines Lebens suchst, aber aus unerfindlichen Gründen dann auf jegliche Hinweise lieber verzichtest. Und nicht zu vergessen, du magst Pizza *Frutti di mare*.«

»Die mag ich eigentlich gar nicht«, erklärt er.

Entrüstet schnappe ich nach Luft. »Dann hab ich also vierzehn Euro neunzig für eine Pizza ausgegeben, die du *eigentlich gar nicht magst?*«

»Sorry.« Er zieht die Augenbrauen hoch und lächelt entschuldigend. »Ich wollte einfach eine Pizza probieren, die mit dem Meer zu tun hat.«

»Wieso mit dem Meer?«

»Weil ich schon immer mal hinwollte. Ans Meer.«

Ungläubig sehe ich ihn an. »Du warst noch nie am Meer?«

Er schüttelt den Kopf.

»Wow, da hast du aber echt was verpasst.«

»Ja, danke für die Auskunft. Offenbar sind alle außer mir ständig am Meer, und ich bin der Einzige, der noch nie dort war.«

»Wieso alle?«

»Na, eben du und Paulus und ...«

»Ach so, *Paulus* also.« Ich kann mir ein Grinsen nicht verkneifen.

Er stößt mir leicht seinen Ellenbogen in die Seite.

»Wieso ist Paulus ständig am Meer?«

»Er taucht. Und fotografiert. Er hat so eine Kamera mit Fischauge-Objektiv.«

»Na, vielleicht fahrt ihr ja mal zusammen ans Meer.«

Er sieht mich an und lächelt, aber in seinem Blick liegt so viel Schwermut, dass ich meine Worte sofort bereue. Als wüsste er, dass es ein solches Happy End nur im Märchen gibt. Dann schaut er weg von mir und sein Blick verliert sich irgendwo zwischen den kreischenden Kindern.

»Was machst du denn heute noch so?«, frage ich.

»Vielleicht gehe ich ins *Bel Étage*.«

»Ins *Bel Étage*? Wie kommst du denn da drauf, das ist doch so ein Schickimicki-Lokal, oder nicht?«

»Vero hat mir den Tipp gegeben.«

»Vero geht ins *Bel Étage*? So hätte ich sie gar nicht eingeschätzt.«

»Nicht Vero. Aber vielleicht Paulus.«

»Ach so, verstehe. Ein heißer Tipp also.« Vorsichtig lächle ich ihn an, will ihn nicht wieder wehmütig stimmen.

»Mal sehen«, meint er und schaut ein bisschen verlegen drein.

»Apropos heiß«, sage ich und rapple mich mühsam hoch, »ich brauche jetzt mal einen Tee und was Weiches unterm Hintern.«

pfauenblau

Das Sofa schluckt uns beinahe, so tief sinken wir in die blaue Samtpolsterung ein. Im Spiegel über der Theke bricht sich die Sonne, aus den Boxen kommt Blues und das ganze Lokal ist voll mit Pfauenfedern-Deko. Irgendwie passt das alles hier zu Vero, kein Wunder, dass es ihr Lieblingscafé ist.

Eine Kellnerin kommt an unseren Tisch. »Hey, Antonia, schön, dich mal wieder zu sehen«, ruft sie freudig.

Scheint so, als wäre es nicht nur Veros Lieblingscafé.

Antonia bestellt Tee, ich nehme einen Saft.

Als die Kellnerin die Getränke bringt, fragt sie: »Wie geht's dir, wie geht's Enno?«

»Gut«, antwortet Antonia knapp.

»Grüß ihn lieb von mir, okay?«, bittet die Frau.

»Mach ich«, sagt Antonia.

Und die Kellnerin ist schon weiter zum nächsten Tisch.

»Enno hat den Sommer über hier gekellnert, von daher kenne ich ein paar der Angestellten«, erklärt Antonia wie beiläufig.

»Und Enno ist ... wer?«

Sie zuckt fast unmerklich zusammen.

»Enno ist Enno«, meint sie dann patzig und schaut mich aus trotzigen Augen an. »Und vielleicht noch mein Freund, wahrscheinlich aber eher Exfreund.«

Mir fällt jetzt erst auf, dass sie bisher praktisch nur von ihrem Bruder gesprochen hat.

»Wieso wahrscheinlich Exfreund?«

Sie zieht Schultern und Arme gleichzeitig nach oben, lässt sie dann schwer wieder fallen und seufzt. »Ich glaube, ich hab ihn gestern endgültig vertrieben.« Düster stiert sie in ihre Teetasse. »Du musst wissen, dass ich ein spezielles Talent habe, *alle* zu vertreiben.«

»Alle deine Freunde?«

»Ja. Und Brüder.«

Ich bin verwirrt. »Wie viele Brüder hast du denn?«

»Nur einen«, antwortet sie dumpf.

»Und wie vertreibst du alle?«, will ich wissen.

»Indem ich blöde Sachen sage. Und mache.«

»Blöd genug, um andere zu vertreiben? Kann ich mir gar nicht vorstellen.«

»Was weißt *du* denn schon«, grummelt sie.

»Also, in meiner Gegenwart hast du bisher jedenfalls überhaupt nichts Blödes gesagt oder gemacht.«

»Doch«, widerspricht sie prompt, »ich hab zum Beispiel Vero nach Paulus gefragt. Das hast du doch ziemlich blöd gefunden.«

Ich zucke mit den Schultern. »Ja, anfangs schon. Aber du hast es doch gut gemeint.«

Grimmig schaut sie mich an. »Das Gegenteil von gut ist gut gemeint.« Dann fixiert sie wieder ihre Teetasse und sagt nichts mehr.

Irgendwie blicke ich nicht ganz durch. »Du meinst also, du ganz allein bist schuld daran, dass dein Bruder weg ist und dein Freund nicht mehr mit dir zusammen sein will? Aber du könntest doch umgekehrt genauso wütend auf Joel sein, weil er einfach abgehauen ist. Oder auf deinen Freund, weil er Schluss gemacht hat.« Ich bin selber überrascht über meine vehemente Rede.

Eigentlich wollte ich sie aufmuntern, aber an ihrem Blick erkenne ich, dass ich sie nur noch ärgerlicher gemacht habe, denn sie presst die Lippen zusammen und funkelt mich wütend an. Dann stemmt sie plötzlich energisch die Hände ins Sofa und steht auf, oder *will* vielmehr aufstehen, aber die dicken Polster erlauben keine ruckartigen Gesten, und sie schafft es nur sehr unbeholfen, sich aus ihnen zu befreien. Fast muss ich lachen.

Kurz steht sie vor mir, als wüsste sie nicht recht, was tun.

»Diesmal geht die Rechnung auf dich«, meint sie schließlich kühl, packt fahrig die Schlittschuhe auf den Hockeyschläger und rauscht aus dem Lokal, ohne sich noch mal umzudrehen.

Gerade musste ich mir noch das Lachen verkneifen, jetzt sitze ich da und schaue wohl ziemlich verdattert drein.

Ozean

Ich klopfe ans Fenster.
> Keine Reaktion.
> Ich klopfe fester.
> Warte.
> Wieder nichts.

Ich hüpfe auf dem Gehsteig auf und ab, um einen besseren Blick in sein Zimmer zu erhaschen. Er ist nirgends zu sehen, also ziehe ich mein Telefon aus der Tasche und wähle seine Nummer.

Hallo, hier ist Enno, im Moment bin ich leider ...
Fuck.

Mit zittrigen Händen stecke ich das Telefon wieder weg, trabe ziellos die Straße entlang.

Es dämmert und Nebel zieht auf.

far more colors than the ocean has
I've seen in your eyes
did you know that they are changing
depending on which direction
you are looking?

Leise singe ich vor mich hin.

before I met you, I didn't know
that I had only seen the opening credits

Ich erinnere mich daran, wie Joel mir den Song zum ersten Mal vorgesungen hat. Er kam mit seiner Gitarre in mein Zimmer, völlig aufgedreht, schmiss sich auf mein Bett und legte los. Und mir stiegen die Tränen in die Augen. Weil das Lied einfach so ... wow! war. Und weil ich dachte: Eines Tages will ich auch einen Freund haben, der mir solche Songs schreibt. Der mich so sehr liebt, wie Joel Sinja liebt.

Und jetzt habe ich einen. Hatte, genauer gesagt. Der mir seine Liebe zwar nicht so überschwänglich und leidenschaftlich zeigt, wie Joel sie Sinja gezeigt hat, der mir zwar keine Songs schreibt und nicht mitten in der Nacht Blumen auf den Gehsteig vor mein Haus streut, so wie Joel das mal vor Sinjas Haus gemacht hat. Aber dafür einen, den ich gegen keinen anderen tauschen wollen würde.

Ich merke, wie es in meiner Brust eng wird. Wie gerne ich schreien würde. Oder gegen irgendwas treten.

Ich merke, wie unglaublich groß die Wut in mir ist.

Die Wut darauf, dass ich immer noch so traurig bin wegen Joel und dass ich mich so verdammt machtlos fühle gegen diese Leere, die er in mir hinterlassen hat.

Die Wut darauf, dass ich die falschen Dinge gesagt habe, als es darauf angekommen ist, und immer wieder die falschen Dinge tue, wenn es darauf ankommt.

Mir ist danach, eine Fensterscheibe einzuschlagen.

Oder einen dieser Scheißzwerge aus einem dieser verfickten Vorgärten zu klauen und ihn mit Wucht auf die Straße zu schleudern, sodass er in tausend Stücke zerspringt.

Oder die nächste Person, die an mir vorbeikommt, an den Schultern zu packen und anzubrüllen:

Du hast ja keine Ahnung! Du hast doch absolut keine Ahnung!

Wie das ist, wenn dein Bruder, den du immer unglaublich toll gefunden hast, plötzlich durchdreht. Wenn er an einem Tag glaubt, Poseidon zu sein, und den nächsten irgendwo in einer

Ecke kauernd verbringt, panisch und verängstigt wie ein verletztes Tier. Wenn er dein ganzes Zimmer vollständig auf den Kopf stellt, weil er nach einem wichtigen Brief sucht, von dem er glaubt, du hättest ihn unterschlagen. Wenn er immer öfter mit sich selbst spricht und sich nach und nach alle von ihm fernhalten. Und von dir zunehmend auch. Wenn deine Eltern vor lauter Sorge nachts nicht mehr schlafen können und tagsüber vergessen, dass es dich auch noch gibt. Wenn dein Leben völlig hinter dem deines Bruders verschwindet und dich niemand mehr fragt, wie es dir geht, was du dir wünschst, oder einfach nur, wie es in der Schule so läuft. Wenn nichts mehr so ist, wie es vorher war, und du mehr als einmal denkst: Dieser Idiot macht alles kaputt, er soll verschwinden, sich verpissen, sich doch einfach zum Teufel scheren!

Und wenn er das eines Tages, ausgerechnet dann, wenn du glaubst, dass endlich wieder alles in Ordnung kommt, auch tatsächlich macht.

irokesentürkis

Vor der Pizzeria bleibe ich stehen, denke kurz ans Geld, aber der Hunger ist stärker.

Drinnen schummriges Licht und Eros Ramazzotti aus den Lautsprechern. Man könnte meinen, es gibt irgendwo ein zentrales Unternehmen, in Silicon Valley oder so, von dem aus alle Pizzerien der Welt mit Musik-Compilations versorgt werden. Das würde erklären, warum in jeder Pizzeria das haargenau gleiche Schnulzending läuft.

Ich bestelle eine Salami zum Mitnehmen, der Kellner nickt

und deutet auf einen kleinen Tisch neben der Tür. »Fünfzehn Minuten.«

Ich setze mich, ziehe meine Geldbörse aus der Hosentasche und zähle. Dann stecke ich die Börse wieder weg und greife zum Handy. Soll ich Antonia anrufen? Keine Ahnung, was ich von ihrem plötzlichen Abgang vorhin halten soll. Eigentlich könnte es mir egal sein, dass sie sauer auf mich ist. Wir kennen uns erst seit zwei Tagen, wir sind ja nicht befreundet oder so. Andererseits ... Ich mag sie. Ich mag es, mit ihr zusammen zu sein. Ich mag, wie sie lacht. Ich mag sogar ihre eigenwillige Art.

Lustlos überfliege ich meine neuen Nachrichten, das meiste interessiert mich nicht, nur bei Lenz bleibe ich hängen:

hey, simon, was ist denn aus der geschichte mit dem mädchen geworden? hier geht's übrigens rund, unsere kleinen schwestern haben bei einem karaoke-singen im alpha-center eine heißluftballonfahrt gewonnen und sind total high! tja, und dann ist da noch was ... ich hatte gestern einen kleinen absturzer mit ophelia ...

Nein! Lenz mit Ophelia? Ich muss grinsen.

ophelia!, tippe ich. *na dann: willkommen im club:-)*

Er: *grrrrr ...*

Ich: *war's denn nicht gut?;-)*

Er: *das erzähl ich dir, wenn du heimkommst. eigentlich wollte ich dir ja gar nichts davon sagen, aber besser, du erfährst es von mir, als von kathrin/jana/steffi/marlen ...*

Ophelia wickelt alle Jungs um den Finger. Sie bringt sie dazu, ihr total zu verfallen, und lässt sie kurz darauf wieder stehen. Lenz hat sich geschworen, niemals dieser Tussi zu erliegen, nicht mal im ärgsten Vollrausch. In den letzten beiden Jahren hat er mich immer damit aufgezogen, dass ich ihr bereits in die Falle gegangen bin.

Ich war dreizehn, und sie war das erste Mädchen, das mich geküsst hat. Ihre Zunge rührte durch meinen Mund wie ein elektrischer Milchschäumer. Klar wusste ich damals schon, dass ich mit Mädchen nichts am Hut hatte, trotzdem traf ich mich noch ein paarmal mit ihr und tat so, als würde ich auf sie und ihre Küsse stehen. Nach den obligatorischen drei Wochen servierte sie mich ohnehin wieder ab und angelte sich Mattheo, den Spaßvogel der Klasse. Ich spielte ungefähr fünfzehn Minuten lang den traurigen Verlassenen.

Danach kam dann eigentlich nur noch Camille. Während des Küssens schob sie meine Hände unter ihr T-Shirt und ich knetete da herum und zupfte an ihren Brustwarzen und empfand natürlich überhaupt nichts dabei. Später hat sie mich ein eiskaltes Arschloch geschimpft, weil ich nicht mit ihr gehen wollte.

Keine prickelnden erotischen Erfahrungen also, die mein Leben bisher zu bieten hatte. Obwohl – eine Sache war da noch, letzten Sommer, beim Festival. Die meine Bilanz massiv hätte aufbessern können. *Hätte.*

Ich bin kurz weg vom Konzert, um zum Campingplatz zu gehen und mein Geld zu holen, konnte in der Dunkelheit zwischen den ganzen Zelten unseres aber nicht finden. Also irrte ich herum und war irgendwie neben der Spur, mein Kopf dröhnte von der vielen Sonne, die ich tagsüber abgekriegt hatte, und von zu vielen Flaschen Bier. Und dann lagen da plötzlich vor irgendeinem Zelt diese beiden Typen, die wie wild aneinander herumfummelten, beleuchtet nur vom schummrigen Licht einer Mückenkerze. Ich bin wie angewurzelt stehen geblieben und habe ihnen zugeschaut, konnte mich einfach nicht weiterbewegen. Der, der oben lag, hatte einen türkis gefärbten Irokesen und ein T-Shirt, auf dessen Rückseite *take the back door* stand, und es dauerte eine Weile, bis ich das gerafft hatte, nicht die Doppelbödigkeit der Worte, sondern vielmehr die Tatsache, dass jemand seine sexuellen Vorlieben so unbekümmert und furchtlos nach außen trägt. Irgendwann haben sie mich natürlich bemerkt, mich kurz mal abschätzig gemustert, schließlich einander angegrinst. »Machst du mit, oder was jetzt?«, hat der mit dem Irokesen zu mir gesagt, und ich habe die beiden nur völlig entgeistert angestarrt und mich gefragt, ob die mich einfach nur verarschen, oder was, und dann ...

... hat mein Telefon geklingelt. Und es war, als würde der ganze Moment von einem riesigen Staubsauger eingesaugt. Flutsch! Alles war weg, und ich bin wieder durch die Dunkelheit gestolpert und wusste nicht, ob die ganze Szene echt oder doch nur meiner Fantasie entsprungen war. Lenz hat ins Telefon gebrüllt, dass ihm Viola gerade das T-Shirt vollgekotzt hat und dass ich ihm doch bitte ein neues aus dem Zelt mitbringen soll. Und dass er mich leider nicht verstehen kann, weil es so irre laut ist um ihn herum, aber sie warten dann beim Tortillastand auf mich, alles klar? Und ich habe gedacht: T-Shirt, welches T-Shirt? Tortilla – was? Viola, hä? Und Lenz, kenn ich den? So weg war ich. So komplett neben der Spur, weil ich gerade das Steilste überhaupt erlebt hatte. Oder besser gesagt: Hätte erleben können.

Als ich den Kopf wende, steht der Kellner mit einem Pizzakarton in der Hand an meinem Tisch, es scheint, als würde er schon seit einer Weile auf mich einreden. Verwirrt springe ich auf, zahle, gebe viel zu viel Trinkgeld. Ich stoße die Tür auf und stolpere fast über die Stufen beim Ausgang.

Gartenschlauchdusche

In Papas Werkstatt brennt Licht.

Wenn Papa um diese Zeit noch arbeitet, kann das verschiedene Gründe haben. Entweder ist er mit einem Auftrag richtig arg in Verzug, was extrem selten vorkommt. Oder er und Mama haben sich gestritten. Oder besser gesagt: Mama hat mit ihm gestritten. Weil Papa nicht wirklich mitmacht beim Streiten, sondern einfach alles über sich ergehen lässt und dann wortlos in seine Werkstatt verschwindet.

Ein unangenehmes Ziehen im Bauch erinnert mich an unser letztes Gespräch gestern früh.

Ich gebe mir einen Ruck, gehe hin und öffne leise die Tür.

Keiner da.

Zögerlich mache ich ein paar Schritte in den Raum hinein, merke, dass ich seit Wochen, vielleicht seit Monaten nicht mehr hier drinnen war. Aber die Zeit scheint hier sowieso stillzustehen. Okay, die Möbel kommen und gehen, aber sie sind auf den ersten Blick gar nicht recht voneinander zu unterscheiden. Immer sind es irgendwelche Kommoden, Sessel, Tische und Schränke. Papa leimt, bessert aus, streicht und schleift. Haucht den Möbeln neues Leben ein, verhilft ihnen zu neuem Glanz. Und dann verschwinden sie wieder.

Als ich klein war, habe ich mir immer vorgestellt, dass den fertig restaurierten Möbeln über Nacht Flügel wachsen und sie zu ihren Besitzern zurückfliegen. Weil ich fast nie jemanden gesehen habe, der sie abgeholt hat. Joel hat mich deswegen immer ausgelacht.

In der Mitte des Raumes bleibe ich stehen. Der altvertraute Geruch, diese Mischung aus Holz, Leim und Lack, versetzt mich um Jahre zurück, zurück in Zeiten von erdigen Rändern unter Finger- und Zehennägeln, in Zeiten von Baumhausspielen und Gartenschlauchduschen. Zurück in Zeiten von Joel und Antonia, Antonia und Joel.

Die Nachlaufen spielen. Die die Werkstatttür aufreißen und hineinlaufen, Joel voraus, Antonia hinterher, Haken schlagend an den Möbeln vorbei, einmal unter der Hobelbank durch, mit Karacho um Papa herum und wieder nach draußen.

Oder: die streiten und einander an den Haaren ziehen, sich zwicken und beißen. Die die Werkstatttür aufreißen und hineinlaufen, Antonia voraus, Joel hinterher. Antonia, die sich heulend in Papas Arme wirft und sich bei Papa über Joel beschwert, und Joel, an dem Papas strenge Blicke abprallen und der Antonia später, wenn sie wieder außer Hörweite sind, Baby spotten wird.

Als Joel aus der Klinik zurückkam, wusste er nicht, was er mit seinem Leben anfangen sollte. Die Matura nachmachen? Sich irgendwo einen Job suchen? Es war Papas Vorschlag, dass Joel ihm doch in der Werkstatt helfen könnte, gegen einen kleinen Lohn. Und Joel war einverstanden. Vermutlich war es der Versuch, ein Stück weit ihre Beziehung zu reparieren. Zu leimen. Ihr zu neuem Glanz zu verhelfen. Ohne wirklich darüber reden zu müssen.

Über alles.

Aber vor allem über diesen einen Tag.

Den Tag, an dem Joel beinahe mit einem Messer auf Mama losgegangen wäre, nachdem sie gemeint hatte, wenn er sich weiterhin weigere, zum Arzt zu gehen, würde sie einfach einen Krankenwagen rufen. Joel ist panisch geworden, man konnte regelrecht dabei zusehen, wie die Angst ihn von hinten überfiel. Und dann hat er nach dem Messer gegriffen. Und kaum eine Sekunde später war Papa da. Er hat sich auf Joel gestürzt, mit einem Blick, den ich niemals zuvor und auch niemals danach wieder an ihm gesehen habe. Es lag etwas Raubtierhaftes darin. Er hat Joel das Messer aus der Hand geschlagen, ihn gepackt, gerüttelt und gegen die Wand gepresst.

Und ihm die Kehle zugedrückt.

Nur kurz, für ein paar Sekunden vielleicht.

Aber das reicht.

So was vergisst man nicht.

Nicht, wenn man derjenige war, der gedrückt hat.

Nicht, wenn man derjenige war, dem die Luft abgesperrt worden ist.

Nicht, wenn man diejenige war, die zugesehen hat.

Manchmal frage ich mich, wer wir vorher waren. Gab es tatsächlich Zeiten, in denen wir eine ganz normale Familie waren?

Irgendwie sind wir alle mehr oder weniger zu Bruch gegangen, und obwohl wir versucht haben, uns mit ein bisschen Leim und Lack wieder aufzumöbeln, sind unsere neuen Formen eigenartige, verzogene Gebilde.

Ein Geräusch von rückwärts, vom Klo.

Ich horche.

Stille.

Vielleicht ist Papa drüben im Haus und streicht sich ein Brot.

Über den Laptop auf seinem Schreibtisch tanzen die Farben des Bildschirmschoners, ich gehe hin, lasse mich in den Sessel plumpsen und verfolge eine Weile mit den Augen die sich verformenden psychedelischen Muster. Meine Lider werden schwer.

Schließlich berühre ich mit dem Finger das Touchpad und augenblicklich verschwinden die farbigen Kleckse und ich habe einen überdimensionalen Schwanz vor Augen.

Mir fällt buchstäblich die Kinnlade runter.

Ein Blick auf die Adresszeile – inmitten von %???::00?00:§%%00::00$$ springt mir *hornyhousewives* ins Auge.

Angeekelt verziehe ich das Gesicht. Horny housewives, geht's noch tiefer? Und überhaupt, die Vorstellung, dass es mein *Vater* ist, der sich so was reinzieht.

Mit klopfendem Herzen blicke über die Schulter in Richtung Tür. Wie lange es wohl dauert, bis der Bildschirmschoner wieder aktiviert wird? Eine Minute? Oder zehn? Besser, ich verschwinde.

Eilig verlasse ich die Werkstatt, ziehe die Tür extra leise hinter mir zu und schlüpfe nebenan ins Haus.

Aus der Küche kommen wie erwartet Geräusche. Wie langweilig muss dieser Porno sein, wenn Papa mittendrin stoppt, um sich was zu essen zu holen?

Ich streife mein Gewand ab und schleiche lautlos in mein Zimmer.

Schmeiße mich auf mein Bett.

Atme tief durch.

Und versuche, das Bild meines Vaters, der sich vor den aufgespreizten Körperöffnungen irgendwelcher Pornodarstellerinnen einen abwichst, gar nicht erst Konturen annehmen zu lassen.

Scheiße.

Wenn Mama und Papa sich scheiden lassen, was bleibt dann überhaupt noch übrig von unserer Familie?

Blödsinn, die lassen sich schon nicht scheiden. Papa schaut halt Pornos, na und? Kein großes Drama, vielleicht machen sie das ja auch zusammen manchmal und hin und wieder macht's eben jeder für sich allein. Punkt. Alles paletti zwischen den beiden.

Ich überlege, wann ich zuletzt mitgekriegt habe, dass sie einander geküsst haben.

Mir scheint, das ist Jahre her.

rotblond

Über die Rezeption lugt ein rotblonder, kurz geschorener Schopf.

Als ich davorstehe, sieht er hoch.

»Hallo«, grüßt er mit breitem Grinsen, als wären wir alte Bekannte. Tausend Sommersprossen im Gesicht und in beiden Ohren große Plugs.

»Hallo«, erwidere ich, stehe da und sehe ihn an.

»Zimmernummer?«, hilft er mir weiter.

»Äh ... sechsunddreißig.«

Er pflückt den Schlüssel vom Haken und legt ihn lächelnd vor mich hin. Dem alten, griesgrämigen Typen musste ich ihn vorhin beim Gehen wohl oder übel aushändigen.

Das Telefon klingelt, der Rotblonde nimmt den Hörer ab und spricht, ohne mich dabei aus den Augen zu lassen, immer noch lächelnd. Als wären wir beide mitten in einer Plauderei gewesen, die noch nicht zu Ende ist.

Vermutlich ist er kaum älter als ich.

Schließlich klemmt er sich den Hörer zwischen Ohr und Schulter und tippt was in den Computer.

Ich stehe immer noch da. Warum stehe ich immer noch da?

Aus dem Zimmer hinter der Rezeption kommen Fernsehgeräusche.

Als er auflegt, lächelt er mich wieder an. »Brauchst du noch was?«

»Äh, nein«, sage ich schnell und hinter seinem Rücken schreit im selben Moment jemand: »Uaaaaaahhhh!!!«

Unwillkürlich springen meine Augen in Richtung des Geräuschs, er scheint es bemerkt zu haben, denn er deutet mit dem Daumen hinter sich.

»*Wickie und die starken Männer*«, erklärt er. »Die Folge, in der Snorre den löchrigen Zahn hat.« Dabei grinst er so breit, dass seine Sommersprossen ihm beinahe aus dem Gesicht rutschen.

Ich muss lachen.

»Manchmal, wenn ich die Titelmelodie höre«, fährt er fort, »fühle ich mich eine Sekunde lang wieder wie mit sieben. Kennst du das?«

Kurz überlege ich, zucke dann mit den Schultern. »Ja, vielleicht. Aber manchmal, wenn *ich* einfach so gehe, fühlt es sich plötzlich an, als hätte ich Sand im Schuh. Kennst du *das*?«

Habe ich das gerade wirklich gesagt?

Er sieht mich aufmerksam an und ich wünsche mir innigst das berühmte Loch im Boden. Bin ich neuerdings auf Drogen? Kommt der Saft im *Blauen Pfau* standardmäßig mit LSD oder so?

Das Tor geht auf, und ein Mann und eine Frau betreten das Hotel, zwei riesige Koffer im Schlepptau. Sie stellen sich mit einigem Abstand hinter mich und warten aufs Einchecken.

Der Typ sieht mich immer noch an, so seelenruhig, als gäbe es die beiden anderen Gäste nicht. »Ich heiße übrigens Fritz.«

Seine Augen sind grün. So stelle ich mir einen waschechten Iren vor.

»Von Fridolin«, fügt er hinzu.

»Simon«, erwidere ich.

Er streckt mir seine Hand entgegen, ich krame meine aus der Hosentasche und schüttle seine kurz, stecke sie dann schnell wieder zurück in ihre sichere Höhle.

»Okay, Simon, ich denk drüber nach«, sagt er ernst und nickt mir zu.

»Okay, also dann ...«, murmle ich, drehe mich um und laufe die Stufen hinauf. Er hält mich mit Sicherheit für den ärgsten Spinner.

Nebel

Es läutet.

Missmutig rolle ich mich aus dem Bett und schlurfe zur Haustür.

Draußen steht Ines. »Ich hab mir gedacht, ich schau kurz vorbei und überrede dich, mitzukommen ins *Blue Cat*.« Sie grinst mich an, macht einen Schritt herein und ich schließe die Tür hinter ihr.

Kurz stehen wir uns gegenüber, dann strecken wir gleichzeitig die Arme nacheinander aus.

»Entschuldige wegen gestern«, sage ich, obwohl wir das ja schon geklärt hatten. Trotzdem.

»Entschuldige auch«, erwidert sie, löst sich aus der Umarmung und sieht mich an. »Und? Kommst du mit?«

Ich sehe zu Boden, zu meinen nackten Füßen, die auf den kalten Fliesen frieren. »Mir ist heute nicht so nach Weggehen«, nuschle ich, »weil ...«

Ich schlucke.

»... weil Enno gestern mit mir Schluss gemacht hat.«

»Was?«, ruft Ines entgeistert. »Enno hat mit dir Schluss gemacht? Wieso *das* denn?«

Jetzt muss ich auch noch vor Ines zugeben, was für eine blöde Kuh ich bin.

»Weil ich mit einem anderen was hatte.«

Ich flüstere es, kann Ines nicht in die Augen sehen dabei.

»Nicht in letzter Zeit, sondern ganz am Anfang, als Enno und ich erst ein paar Wochen zusammen waren. Joel war verschwunden und dann ist der Anruf von Mama aus Frankreich gekommen und ich bin einfach los und wie ferngesteuert durch die Stadt gelaufen. Und vor dem *Alten Schweden* hat mich einer angesprochen und ...«

Mit hängenden Armen stehe ich da und spüre Ines' Blick auf mir. Sie streicht mir kurz über die Schulter, legt dann ihre Arme um mich.

»Am nächsten Abend war ich wieder bei ihm«, nuschle ich

in den Stoff ihres Mantels hinein, »und Enno hat in dieser Zeit ungefähr hundert Mal angerufen und ich hab nie abgehoben. Ich weiß auch nicht, was in mich gefahren ist, ich war einfach komplett neben mir.«

Ines sagt nichts, streichelt nur sanft meinen Rücken. Vielleicht kann sie es sich zusammenreimen, was damals mit mir los war. Vielleicht kann sie sich vorstellen, wie das ist, wenn man ganz weit weg von sich selbst sein will und alle Anteile, die fühlen und leiden können, in eine Truhe sperren und diese mit haufenweise Luftpolsterfolie ausstopfen möchte. Vielleicht wollte sie sich auch schon mal selbst wehtun, damit sie den Schmerz von ganz tief drinnen nicht so arg spürt.

Und es hat verdammt wehgetan. So sehr, dass mir die Luft weggeblieben ist, weil dieser Typ natürlich kein bisschen vorsichtig gewesen ist. So weh, dass sich danach alles zwischen meinen Beinen wie eine klaffende Wunde angefühlt hat. Und ich kaum noch gehen konnte.

»Wir bleiben hier«, meint Ines und lässt mich vorsichtig los, »einverstanden?«

»Eigentlich will ich am liebsten ins Bett gehen«, antworte ich.

»Soll ich bei dir schlafen?«

Ich schüttle den Kopf und versuche ein Lächeln. »Du sollst doch deinen Lover finden.«

Besorgt blickt sie mich an.

»Ich möchte lieber alleine sein, verstehst du?«

Sie nickt zaghaft, steht aber weiterhin unschlüssig vor mir.

»Ich komm schon zurecht«, bekräftige ich. »Ich glaub, ich will einfach nur schlafen gehen.«

»Dann ruf ich dich morgen an, ja?«

»Okay.«

Wir küssen uns auf die Wangen, ich öffne die Tür für sie. Draußen hängt dichter Nebel. Sie tritt zögerlich hinaus, dreht sich auf der Türschwelle noch einmal zu mir um. »Mach dich nicht fertig deswegen, Antonia. Wenn du Enno erzählst, was damals mit dir los war, dann wird er das verstehen. Ich kann mir nicht vorstellen, dass er dich einfach so abserviert.«

Ihr Blick ist warm. Ihr Blick ist der einer besten Freundin.

Mein Unterkiefer beginnt zu zittern. Ich zucke mit den Schultern, lächle schwach.

Sie schiebt ihre Hände in die Manteltaschen und sieht mich lange an.

Die Kälte kriecht ins Haus.

Schließlich dreht sie sich um und stiefelt mit schnellen Schritten davon, zieht die Schultern nach vorne, sodass ihr Mantel sich straff über ihren Rücken spannt.

polarweiß

Der Schriftzug über der Tür leuchtet mir trotz des dichten Nebels schon von Weitem entgegen.

Da bin ich also. Jetzt ist ein Rückzieher nicht mehr drin.

Nervös spielen meine Finger mit dem Schlüsselanhänger in meiner Jackentasche. Fritz war vorhin nicht an der Rezeption, also trage ich das Ding mal wieder mit mir herum.

Ich ziehe den letzten verbliebenen Müsliriegel aus meiner Tasche, reiße die Verpackung auf und schlinge ihn mit zwei Bissen hinunter.

Die Fassade des *Bel Étage* besteht zur Gänze aus Glas, die Bar ist blau beleuchtet und ein Stück weiter links kann ich das DJ-Pult erkennen. Dazwischen jede Menge Menschen. Um einen reinen Schwulen-Club scheint es sich hier jedenfalls nicht zu handeln. Umso besser, sonst wäre die Hemmschwelle vermutlich noch größer. Trotzdem fühle ich mich total unwohl und völlig fehl am Platz. Außerdem bezweifle ich, dass die mich mit Jeans und Sweater da überhaupt reinlassen.

Unschlüssig verlagere ich mein Gewicht von einem Bein aufs andere. Dann atme ich einmal tief durch, ziehe die Tür auf und mache einen Schritt hinein in die Wärme.

Das Erste, das ich bemerke, ist das Eisbärenfell unter meinen Füßen.

Kapitänin

Es klopft an meiner Zimmertür.

Fest eingemummelt liege ich unter meiner Decke und rühre mich nicht.

Wieder Klopfen.

Selbst wenn ich wollte, mein Körper hätte nicht die Kraft, sich umzudrehen in Richtung Tür und einen Ton von sich zu geben.

Die Klinke quietscht leise, als sie nach unten gedrückt wird. Schnell vergrabe ich mein Gesicht ein Stück tiefer im Kopfpolster und schließe die Augen.

Ich kann spüren, wie Mama ins Zimmer schlüpft und sich meinem Bett nähert. Kurz steht sie davor, dann lässt sie sich auf dem Rand der Matratze nieder. Der Geruch ihres Parfums steigt mir in die Nase. Bestimmt war sie mit ihrer Freundin aus.

»Antonia?«

Hoffentlich flattern meine Augenlider nicht. Aber im Halbdunkel kann Mama das vermutlich gar nicht so genau erkennen. Angestrengt versuche ich, so gleichmäßig wie möglich zu atmen.

Sie fasst mir ins Haar und streicht ganz zart darüber.

Immer und immer wieder. Genau so, wie sie es früher gemacht hat, wenn ich abends nicht einschlafen konnte.

Mama hat diese besonderen Hände, die immer sanft sind und gar nicht anders können. Mama kann laut werden, sie kann schimpfen und fluchen, sich ärgern und einem Vorwürfe machen. Ihre Stimme kann hart werden, ihr Blick wütend und ihr Mund verkniffen. Nur ihre Hände können nie anders, als sanft zu sein.

Unter ihrer weichen Berührung merke ich wieder, wie sehr meine Kopfhaut schmerzt.

Mama war immer die Kapitänin unseres Schiffes. Sie war witzig und lebensfroh und wusste immer, wo's langgeht. Wenn ihre Mannschaft Mist baute, konnte sie schon auch mal richtig poltern, aber nach dem Sturm hat sie die Wogen wieder geglättet.

In der Nacht, nachdem sie Joel ins Auto gepackt und in der Psychiatrie abgeliefert hatte, hat sie stundenlang gewimmert wie ein sterbendes Tier. Ich bin in meinem Bett gelegen und habe den Atem angehalten, bis das Geräusch endlich nicht mehr zu hören war.

Sie lässt ihre Hand auf meinem Hinterkopf liegen, und ich werde zu einem kleinen Mädchen, einem kleinen Kätzchen, einem kleinen Siebenschläfer, werde immer kleiner, bis ich als Ganzes in ihrer Handhöhle verschwinden kann.

Und sie weiß nichts davon. Weiß nicht, wie sehr ich mich danach sehne, dass es da wieder eine Verbindung zwischen uns beiden gibt. Oder danach, mich an sie zu lehnen und einfach zu weinen.

Aber es geht nicht. Weil wir uns fremd geworden sind. Weil zwischen uns Mauern gewachsen sind, die nichts durchdringen kann, keine Freude und kein Leid. Weil wir es verabsäumt haben, über die schlimmen Dinge offen zu reden, und es verlernt haben, einander von den schönen Dingen zu erzählen. Wenn man das gemeinsame Weinen tunlichst vermeidet, klappt auch das gemeinsame Lachen nicht mehr.

Behutsam löst sie ihre Hand von meinem Hinterkopf, sitzt noch kurz, dann erhebt sie sich.

»Schlaf gut«, flüstert sie. »Ich hab dich lieb.«

Als sie die Tür hinter sich schließt, öffne ich vorsichtig die Augen.

Ein paar Wochen nachdem Joel aus der Psychiatrie entlassen worden war, habe ich durch den Schlafzimmertürspalt beobachtet, wie er zu Mama ins Bett gekrochen ist. Er hat sich an sie geklammert wie ein krankes, fieberndes Kind, und Mama hat ihn an sich gedrückt, so fest, so verzweifelt, und dann haben sie geweint, alle beide hemmungslos geschluchzt. Vielleicht war das eine Art von Versöhnung oder wortloser Aussprache zwischen den beiden, vielleicht ihr Weg eines Wieder-Zueinander-Findens oder einfach Dankbar-Füreinander-Seins. Aber mir hat es einen Stich versetzt. Ich bin auf dem Gang vor dem Schlafzimmer gestanden und neidisch gewesen. Weil Mama und Joel sich so nah waren. Und weil mich niemand so fest und so voller Liebe an sich gedrückt hat. Weil mich nicht mal jemand gefragt hat, wie es mir in den schweren Zeiten ergangen war und ob ich darüber reden wolle. Ich habe die beiden durch den Türspalt beobachtet und gedacht: Mama hat Joel schon immer lieber gehabt als mich.

FREITAG,
sechster Februar

curacaoblau

Der Barkeeper stellt mir einen Swimming Pool vor die Nase. Davor hatte ich schon einen Cuba Libre, zwei Caipirinha und drei Tequila Sunrise. Das einzige Getränk, das ich selbst bezahlt habe, war das Bier ganz am Anfang. Seither zahlt Tom. Oder Jim. Oder John. Wie war noch mal schnell sein Name? Jedenfalls irgendwas Englisches.

Mein Kiefer schmerzt bereits vom Dauergrinsen. Erst war es ein reines Höflichkeitslächeln, das ich aufgesetzt habe, aber irgendwann sind seine Witze besser geworden. Oder die Promille in meinem Blut mehr.

Als ich trinken will, schnappt mein Mund unkoordiniert ins Leere neben dem Strohhalm, sofort prustet mein edler Spender los und ich stimme ein. Vor dem heutigen Abend hatte ich keine Ahnung, dass Cocktails trinken so unglaublich witzig sein kann.

Seine Hand liegt schon seit einer Weile nicht mehr auf der Bar, sondern auf meinem Oberschenkel, und ich versuche bereits seit zwei Stunden herauszufinden, ob er eigentlich mein Typ ist. Leider komme ich in meiner Begutachtung nie über seine schauderhafte Krawatte hinaus. Vielleicht wäre er krawattenabwärts ja mein absoluter Traummann und die Louis-Vuitton-Schuhe, die ich an ihm vermute, würden sich als reines Vorurteil entpuppen.

Ungeschickt greife ich in meine Hosentasche und fummle mein Handy heraus. Eine Weile starre ich es ungläubig an und versuche, mir seine Verwandlung zu erklären, während mein Verehrer neben mir schon wieder loswiehert.

»Das nenne ich aber einen gewaltigen Zaunpfahl, mit dem du da winkst«, dröhnt er mir in die Ohren.

Seine Art von Humor.

Aber immerhin kapiere ich jetzt, dass das Ding in meiner Hand nicht mein Telefon, sondern mein Zimmerschlüssel ist. Schnell stecke ich ihn wieder ein und werfe meiner Bekanntschaft einen flüchtigen Blick zu.

Bei der Vorstellung, heute möglicherweise mit *ihm* statt mit Paulus in meinem Bett zu landen, schüttelt es mich kurz vor Abwehr. Er scheint meine Geste weiß der Kuckuck worauf, aber bestimmt nicht auf seine erotische Ausstrahlung zu beziehen, sonst fände er sie bestimmt nicht so zum Schreien komisch.

Wenn ich den vorprogrammierten Verlauf dieser Nacht noch verhindern will, wäre jetzt ein guter Zeitpunkt, um mich zu verabschieden. Ich nehme ein paar kräftige Schlucke von meinem Cocktail und versuche, mir die richtigen Worte für meinen Abgang bereitzulegen, aber am Ende fällt mir nichts Besseres ein als: »Okay, ich geh dann jetzt mal. Danke für die ganzen Cocktails.«

Er scheint es als Spielchen aufzufassen, denn er grinst mich breit an, und seine Hand wandert augenblicklich näher zu meinem Schritt.

»Äh ... alleine«, stelle ich die Sache klar, sehe ihm dabei, so fest es mein verschwommener Blick zulässt, in die Augen, und sein Grinsen friert ein.

Bevor er etwas sagen kann, rutsche ich schnell vom Barhocker, und seine Hand gleitet ins Leere. Ich ziehe meine Jacke über, sein Lächeln immer noch auf Gefrierstatus, nur ein bisschen Ungläubigkeit hat sich in der Zwischenzeit noch dazugemischt. Als ich einen Schritt mache, falle ich beinahe über meine eigenen Beine, so wabbelig fühlen sie sich an.

Hoch konzentriert setze ich einen Fuß vor den anderen und bewege mich in Richtung Tür, ermahne mich dabei, dem Eisbärenkopf großräumig auszuweichen, damit ich nicht am Ende der Länge nach hinfalle und eine Lachnummer abliefere.

Draußen atme ich erleichtert durch.

Dann versuche ich mich zu erinnern, aus welcher Richtung ich gekommen bin. Die Kälte tut ihr Übriges, um meinen Blick und meine Gedanken wieder ein wenig zu schärfen.

»Simon!«

Shit.

Was mache ich jetzt?

Als ich mich umdrehe, wankt Tom-Jim-John auf mich zu und fällt mir regelrecht in die Arme. Mit letzter Kraft stemme ich mein eigenes Gewicht gegen seines, um uns beide vor dem Fallen zu bewahren, trotzdem taumeln wir rückwärts und knallen gegen etwas Hartes.

Okay, jetzt habe ich mir also die Wirbelsäule gebrochen. Vielen Dank auch.

Aber immerhin hat das Ding, das sich bei näherer Betrachtung als Baumstamm entpuppt, unseren Sturz abgefangen.

Vorsichtig bewege ich meine Arme und Beine, um herauszufinden, von welchem Wirbel abwärts ich wohl von nun an gelähmt bin, aber Tom-Jim-John hat nichts Besseres zu tun, als mir schnell mal seine Zunge in den Mund zu stecken.

Was sich besser anfühlt als erwartet.

Viel besser.

Anfangs stoßen wir zwar manchmal mit den Zähnen aneinander, aber es ist kein Milchschaumrührkuss wie der von Ophelia und auch kein Nasser-Lappen-Kuss à la Camille. Als ich kurz die Augen öffne und ihn ansehe, wirkt er nicht mehr wie ein dreißigjähriger Banker, sondern gar nicht so viel älter als ich. Seine Hände greifen nach meinem Hintern, kneifen mir in die Backen und mir entfährt ein Stöhnen. Ich spüre es hart zwischen meinen Beinen und bin nicht sicher, wessen Ständer das eigentlich ist, seiner oder meiner. Im nächsten Moment schiebe ich ihn so gut es geht von mir weg.

»Muss los«, nuschle ich. Kurz bleiben meine Augen an seinen Lippen hängen, irgendwas zieht mich drängend da hin, und würde er jetzt noch einmal einen Schritt auf mich zu machen, ich würde vermutlich nicht mehr denken und einfach alles geschehen lassen.

Aber er kommt nicht mehr auf mich zu.

»Du willst wirklich alleine gehen?«, fragt er, grinst diesmal nicht, sondern sieht mich nur mit glasigen Augen an.

Ich nicke.

Er schweigt.

»Mach's gut«, murmle ich und hebe unbeholfen die Hand zum Gruß.

»Tja«, sagt er nur, »tja.«

Mehr kommt nicht von ihm.

Also drehe ich mich um, entferne mich mit großen Schritten und versuche dabei, nicht allzu sehr nach rechts oder links auszuscheren.

Schnee

Um mich herum Dunkelheit.

Ein Blick auf meinen Wecker – 06:15.

Schwerfällig plumpse ich zurück in die Matratze und schließe wieder die Augen. Da sind auf jeden Fall noch ein paar Stunden Schlaf drin.

Im Haus ist es noch ganz still. Auf der Straße rollt ein Auto vorbei, kurz wird es hell unter meinen Lidern, ich öffne sie und sehe einen Scheinwerferstrahl die Tapete entlangwandern.

Dann erst bemerke ich die Schneeflocken.

Dicht und weiß fallen sie vom Himmel.

Der Anblick hat etwas Beruhigendes.

Unter meiner Decke ist es warm und alles fühlt sich wohlig und kuschelig an. Sogar die Ereignisse der letzten Tage kommen in diesem schneeweichen Dämmerzustand nicht so nah an mich heran.

Ich taste nach meinem MP3-Player auf meinem Nachttisch, will dort weiterspielen, wo ich zuletzt gestoppt habe, überlege es mir dann aber anders und höre einfach der Stille zu.

Ich muss an Enno denken. An die Nacht, in der wir uns zum ersten Mal geküsst haben. Dass es eiskalt war und seine Hand trotzdem warm.

Wie wäre mein Leben wohl weitergegangen, wenn Joel damals nicht krank geworden wäre? Worüber würde ich mir die meiste Zeit Gedanken machen, wovon würde ich träumen? Wäre ich dieselbe geworden, die ich jetzt bin? Und wird all das, was passiert ist, mein Leben lang als Schatten hinter mir herschleichen, mir in allen Poren sitzen? Oder wird es Zeiten und

Momente geben, in denen ich nicht daran denken werde, sondern alles vergessen kann und einfach ich bin, die, die ich hätte werden können, unter anderen Umständen? Zeiten, in denen ich den Rucksack einfach irgendwo abstellen kann und leicht werde, leicht wie jemand ohne Vergangenheit?

Das Prasseln der Dusche durchbricht meine Stille.

Ich angle nach meinem Telefon und tippe.

niemanden hätte ich jetzt lieber hier bei mir als dich. verstehst du das? niemanden.

Dann warte ich.

Und warte und warte.

Und warte vergeblich.

Auf eine Antwort.

Von Enno.

Das Geräusch des Föns und das Stimmengemurmel von Mama und Papa dringen durch die Wand. Ich weiß, dass der Schlaf nicht mehr kommen wird, also schiebe ich die Bettdecke zurück, stehe auf, schlüpfe durch die Tür auf den Gang und husche ins Zimmer nebenan.

In jenes Zimmer, aus dem schon seit fast einem Jahr kein Geräusch mehr durch die Wand gedrungen ist.

Ich krieche unter Joels Bettdecke. Das Leintuch ist kalt, ich schlinge die Arme fest um meinen Körper, bibbere trotzdem.

Hin und wieder schlafe ich hier.

Ich glaube, Mama macht das auch.

Es gibt keine Zettel mit Mythen mehr an den Wänden. Joel hat Tabula rasa gemacht, als er vom Spital nach Hause gekommen ist. Er hat alles abgerissen und die Wände neu gestrichen, hat kistenweise sein Zeug verschenkt, Bücher, CDs, T-Shirts, vieles auch einfach in den Müll geworfen. Bis nur mehr ganz wenig übrig war. Er meinte, es wäre Zeit, sich von Vergangenem zu lösen. Sogar die unzähligen Fotos von Sinja hat er von den Wänden abgenommen, aber ich weiß, dass er sie nicht weggeworfen, sondern in der obersten Schreibtischlade aufbewahrt hat. Und dass sie da immer noch liegen. Und dass da auch ein Foto dabei ist, auf dem Mama und Papa sich küssen. Und eines, auf dem Joel als kleiner Bub im Strandkorb auf Mama liegt und sie beide schlafen. Und eines, auf dem Joel und ich uns gegenseitig unsere brombeerblauen Zungen herausstrecken.

Die Badezimmertür wird geöffnet und wieder geschlossen, kurz darauf sind Geräusche aus der Küche zu hören.

Worüber Mama und Papa sich wohl unterhalten, wenn sie zusammen beim Frühstück sitzen? Über das Wetter? Darüber, wer einkaufen geht? Über Joel? Oder mich? Vielleicht reden sie ja gar nicht und kauen nur stumm an ihrem Brot.

Ob Enno mir in der Zwischenzeit wohl geantwortet hat? Und wo er wohl gerade ist. Zu Hause, in seinem Bett?

Und Ines? Hat sie gestern ihren Typen wiedergetroffen?

Und Simon Paulus gefunden?

Träge rolle ich mich aus dem Bett und gehe zum Fenster. Öffne es einen Spaltbreit, gerade so, dass ich meinen Arm hinausstrecken kann, und sehe zu, wie die Schneeflocken in meine geöffnete Hand fallen und auf meiner warmen Haut zu Wasser zerrinnen.

Ich kann mich nicht erinnern, Zukunftsträume gehabt zu haben wie andere Mädchen vielleicht. Ich wollte nie Prinzessin werden oder Rocksängerin, keine Tänzerin, Astronautin, Forscherin oder berühmte Ärztin. Ich habe mich nie danach gesehnt, ein eigenes Pferd zu haben oder jemandem das Leben zu retten und danach von der Presse interviewt zu werden. Und mir ganz sicher noch nie meine Hochzeit mitsamt Brautkleid und Bräutigam ausgemalt. Ich kann mich nicht erinnern, jemals irgendwelche großen Pläne für mein Leben geschmiedet zu haben, habe weder über Karriere noch darüber, ob ich jemals Kinder haben will, fantasiert. Aber wenn ich hin und wieder an meine Zukunft gedacht habe, unaufgeregt und ganz nebenbei, war Joel immer wie selbstverständlich ein Teil davon.

Ich ziehe meine nasse Hand wieder zurück, schließe das Fenster und betrachte die dicke weiße Schneeschicht, die auf der Straße liegt und alle Geräusche verschluckt. Wie es sich wohl anfühlen würde, darunterzuliegen?

knallbunt

Das Telefon schreit mir ins Ohr, hinter meinen Schläfen pocht es schmerzhaft. Benommen taste ich in Richtung des Klingelns, erwische das Handy und schiele aufs Display. Meine Mutter. Auch das noch.

Ich schalte auf lautlos und lasse den Kopf wieder in den Polster sinken. Meine Zunge ist pelzig, ich spüre den Schweiß in meinem Nacken, er zieht sich den ganzen Rücken hinunter.

Ein Blick zum Fenster – Schnee.

Schnee?

Tatsächlich, draußen ist alles weiß.

Fetzen der vergangenen Nacht tauchen in meinem Kopf auf: ein Eisbärenfell, eine Krawatte, eine Hand auf meinem Schenkel, eine Zunge in meinem Mund. Ein plötzliches Prickeln steigt von meinem Bauch auf und verteilt sich in meinem ganzen Körper.

Meine Sehnsucht ist unendlich groß.

Aber worauf warte ich eigentlich? Auf den Traumprinzen? Auf ein Leben wie im Film, in dem alles genau nach Drehbuch abläuft, unterlegt mit einem fulminanten Soundtrack? Darauf, dass es knallt wie ein buntes Feuerwerk und jede Berührung elektrisierend ist, so wie damals im Zug mit ...

Das Display meines Handys leuchtet kurz auf.

Hallo, Simon, wie geht's dir? Wann kommst du nach Hause? Mama

Wahrscheinlich greift sie alle zwei Stunden zum Telefon, wählt meine Nummer und legt dann schnell wieder auf, bevor es bei mir klingeln kann. Um nicht die besorgte Mutter raushängen zu lassen.

Lautstark seufze ich in die Stille des Zimmers hinein.

Dann tippe ich:

alles okay bei mir, ich komme morgen

Damit ist die Entscheidung gefallen. Was bringt es auch, hier noch länger durch die Straßen zu ziehen.

Schwanenbiss

Als ich die Küche betrete, fahre ich vor Schreck zusammen.

»Solltet ihr nicht längst weg sein?«, stammle ich.

»Setz dich.« Mama klopft auf den Stuhl neben sich. »Ich mach dir Frühstück.« Sie lächelt und erhebt sich schwungvoll. Offenbar ist sie gut gelaunt.

Kurz streife ich Papas Blick, der ist schwerer einzuordnen.

Unwillkürlich muss ich an das Standbild auf seinem Laptop denken.

Warum habe ich bloß nicht auf das Geräusch der Haustür geachtet, sondern einfach angenommen, dass die beiden längst weg sind? Schwerer Fehler. Jetzt muss ich ihn ausbaden.

Zögerlich nehme ich Platz, ziehe die Knie zum Kinn, schlinge die Arme drum herum und vermeide es, Papa in die Augen zu schauen.

Mama raspelt einen Apfel. »Meine Acht-Uhr-Patientin hat abgesagt und da sind wir einfach länger beim Frühstück sitzen geblieben. Das machen wir ohnehin viel zu selten, einfach mal gemütlich beisammen sein.«

Sie wirft mir einen kurzen Blick über die Schulter zu, wandert dann mit den Augen weiter zu Papa, bleibt an ihm hängen und lächelt. Vielleicht sind mir die zärtlichen Gesten zwischen den beiden in den letzten Jahren einfach deshalb nicht aufgefallen, weil ich gar nicht richtig hingeschaut habe. Vielleicht hatten sie aber auch gestern die erste heiße Nacht seit Langem, weil Papa nach dem Porno ...

Ich will mir das gar nicht vorstellen, was geht mich auch das Sexleben meiner Eltern an.

»Wir haben uns vorhin daran erinnert, wie dich damals am Waldsee der Schwan in den Hintern gezwickt hat, weißt du das noch?« Mama kichert. Auch Papa schmunzelt.

So viel zum Thema, worüber die beiden beim Frühstück reden.

»Du hast geschrien wie am Spieß und Joel hat dir ganz fürsorglich seinen Eislutscher auf die Pobacke gedrückt«, gluckst Mama weiter.

Ich erinnere mich. Dieser blöde Biss hat echt wehgetan und seither halte ich einen Sicherheitsabstand zu Schwänen ein.

»Dann hat er dir das Eis wieder von der Pobacke abgeleckt«, fährt nun Papa fort, »weil es ihm wohl doch zu schade drum war. Und die Badegäste um uns herum haben uns angesehen, als wären wir nicht ganz normal.«

Womit sie ja auch nicht ganz danebenlagen, wie sich später herausgestellt hat.

Mama und Papa scheinen nicht dasselbe zu denken wie ich gerade, denn sie wirken richtig vergnügt. Ob sich die beiden wohl oft über früher unterhalten und dabei ganz ungezwungen Joels Namen aussprechen können? Vielleicht haben sie das bei ihrer Psycho-Tante gelernt. Und ich bin die Einzige, die das immer noch nicht auf die Reihe kriegt.

Mama stellt eine Tasse Tee und eine Schale Müsli vor mich hin, legt kurz ihre Hand auf meine Schulter und setzt sich dann neben mich.

Sie hat Zimt aufs Müsli gestreut. Ich liebe Müsli mit Zimt obendrauf. Und ich liebe Mama ein bisschen dafür, dass sie daran gedacht hat.

Papa spielt an seinem Ehering herum, Mama legt ihre Hand auf seine, die beiden verschränken ihre Finger ineinander. Haben die heute Hochzeitstag, oder was? Ich schaue nicht weit genug auf, um ihre Gesichter zu sehen, kann mir aber ungefähr vorstellen, wie sie einander gerade ansehen.

»Ich hab übrigens einen Freund.«

Das war nicht geplant. Ist einfach so aus mir rausgeschwappt.

Mitten hinein in die Hochzeitstag-oder-was-weiß-ich-was-Idylle.

Keine Ahnung, warum ich ihnen ausgerechnet jetzt davon erzähle, wo es mit mir und Enno ja schon wieder aus ist.

Mama lässt Papas Hand los, eine seltsame Stimmung liegt plötzlich in der Luft. Es ist eindeutig, dass sie nicht recht wissen, was sie sagen sollen.

Schließlich ist es Papa, der zuerst reagiert. »Das ist ja eine Überraschung!« Und ein wenig verhalten: »Eine schöne, natürlich.«

»Ja«, sagt jetzt auch Mama. »Wer ist es denn, kennen wir ihn?«

»Er heißt Enno«, erkläre ich, »und geht ins Gymnasium in der Zinngasse. Er macht heuer Matura.«

Vielleicht wundern sie sich, warum ich nicht glücklicher aussehe. Aber ich kann ihnen ja jetzt schlecht erklären, dass Enno und ich genau genommen gar nicht mehr zusammen sind.

Mama schenkt mir einen versonnenen Ach-jetzt-ist-mein-kleines-Mädchen-also-groß-geworden-Blick. »Wir freuen uns darauf, ihn kennenzulernen.«

Sogar Papa schaut ein bisschen neugierig drein.

Ich ringe mir ein Lächeln ab.

Was für ein Desaster.

heidelbeerviolett

Raus aus dem Bett.

Kopf frei kriegen.

Kater loswerden.

Jeans, Sweater, beides grindig – egal, wird eh gleich noch mehr verschwitzt.

Joggen.
Jetzt.
Sofort.
Zimmertür auf.
Piep.
hallo, simon. tut mir leid, dass ich mich gestern so komisch benommen habe. ich hoffe, dein abend war gut?!? eigentlich wollte ich dir gerne noch was zeigen (überraschung!), treffen wir uns um 3 vorm blauen pfau? antonia
Eine Überraschung von Antonia? Na gut, warum nicht.
ok, bis später!
Handy in die Hosentasche.
Abschließen.
Schlüssel in die Hosentasche.
Stufen runter.
Rezeption.
Fritz.
Raus.
Stopp.

Zurück.

»Hey.« Er sieht mich an, lächelt. Zurückhaltender als gestern.
»Hey«, erwidere ich, und wie ein Blitz fährt mir die Erinnerung an unsere letzte Begegnung ein – heute Nacht, als ich ins Hotel zurückgekommen bin.
Wenn man nach Mitternacht kommt, muss man draußen läuten. Man kann sich also nicht unbemerkt ins Zimmer schleichen, selbst wenn man den Schlüssel dabeihat.

Fritz hat mich gefragt, wie es war, oder wo ich war, keine Ahnung. Ich wollte antworten, aber die Sommersprossen in seinem Gesicht sind unaufhörlich ineinandergeflossen, und ich habe gedacht, gleich kotze ich, also bin ich einfach die Stufen raufgerannt. Vielleicht auch eher getorkelt.

Er mustert mich. Gut möglich, dass ich gerade ein bisschen rot werde.

Um irgendwas zu tun und ihn nicht länger ansehen zu müssen, fingere ich meinen Schlüssel aus der Hosentasche und lege ihn auf den Tresen. Fritz nimmt ihn entgegen und hängt ihn ans Schlüsselbrett. Dann beginnt er, Zettel zu sortieren.

Schweigend stehe ich da und sehe ihm zu.

»Zu viel getrunken gestern?«, fragt er schließlich, ohne von seinem Papierberg aufzuschauen.

»Mhm«, brummle ich.

Kurzer Blick zu mir, dann wieder volle Konzentration auf den Zettelkram. Er schichtet alles auf einen Stoß, hebt den Pack hoch und lässt ihn ein paarmal auf den Tisch fallen, klopft seitlich und oben drauf, bis alle Kanten glatt sind. Dann lässt er ihn in einem für mich unsichtbaren Fach im Tresen verschwinden.

»Ich hab übrigens nachgedacht«, beginnt er und schaut mich jetzt wieder ganz direkt an. »Also, das mit dem Sand im Schuh – das kenn ich nicht. Aber manchmal hab ich das Gefühl, dass mir irgendwas an einem Zahn klebt, meistens an einem der ganz hinteren, und dann kratz ich da herum, so gut das eben geht so weit hinten, und kratze und kratze – und dann ist da einfach nichts.«

Ich schaue ihn sehr ernst an.

Er schaut sehr ernst zurück.

Und im nächsten Moment prusten wir los.

Ich lache, als hätte ich drei ganze Jahre nachzuholen.

Danach tut mir der Bauch weh.

Fritz greift nach dem Bonbonglas auf dem Tresen, wühlt kurz darin herum und fischt dann ein Teil heraus.

Er hält es mir hin. »Heidelbeere. Die sind die besten. Und färben die Zunge echt krass violett.«

Ich greife danach, wickle es aus und stecke es in den Mund.

»Aber Vorsicht, die machen süchtig«, warnt er.

»Hab ich mir irgendwie schon gedacht«, erwidere ich.

Er schmunzelt.

»Wo willst du hin?«, fragt er dann.

»Eine Runde joggen.«

»Bei *dem Schnee*?«

Ich nicke. »Muss sein.«

»Gegen den Restalk?« Er grinst.

Wieder werde ich rot, grinse verlegen zurück und wende mich zum Gehen. »Also dann ...«

Er hebt kurz die Hand. »Ja, dann bis später.«

Es hat aufgehört zu schneien, trotzdem dringt die Nässe schon nach Kurzem durch meine Sneakers. Mit der Zunge rolle ich das Bonbon in meinem Mund hin und her, es schmeckt tatsächlich nach Heidelbeere. Als ich meine Schritte beschleunige, beginnt es in meinem Kopf sofort wieder zu hämmern, aber ich ignoriere den Schmerz so gut es geht und atme in tiefen Zügen die frische Schneeluft ein.

Durch Zufall erwische ich eine Gasse, die mich in eine ruhigere Gegend führt, hierher hat es den Schneepflug offensichtlich noch nicht verschlagen. Meine Schritte federn weich, mein Atem findet in einen gleichmäßigen Rhythmus.

Was Lenz wohl gerade treibt? Es wäre cool, ihn jetzt hier zu haben. Wir sind die perfekten Laufpartner, weil wir das exakt gleiche Tempo haben.

Und was Antonia mir wohl zeigen will?

Und: Wie alt ist Fritz eigentlich?

Ich laufe gegen den Kater an, laufe gegen meine nassen Füße an, laufe gegen meine Gedanken an. Laufe irgendwann einfach nur noch und sonst gar nichts.

Eine Stunde später stehe ich wieder vor Fritz, der keine Zeit zum Reden hat, weil er gerade telefoniert, und mir nur schnell meinen Schlüssel aushändigt.

Oben in meinem Zimmer schnappe ich mir ein Handtuch, will ins Bad, begegne im Gang einem der beiden Zwillingsmädchen. Das sagt diesmal schon vor mir »Hi« und lächelt ein bisschen keck, aber vielleicht bilde ich mir das auch nur ein. »Hi«, erwidere ich und verschwinde unter der Dusche. Erst unter dem prasselnden Wasser fällt mir ein, dass ich mich beim Joggen kein einziges Mal nach Paulus umgesehen habe.

Flut

Ich bin viel zu früh dran.

Absichtlich.

Damit ich vor dem Treffen mit Simon noch Zeit habe, um mir ein bisschen die Beine zu vertreten. Vielleicht einen kleinen Umweg zu gehen. Zum Beispiel bei Enno vorbei.

Auf meine Nachricht von heute Morgen ist nichts von ihm zurückgekommen. Mein Magen verkrampft sich beim Gedanken daran, dass es das einfach war, dass da nichts mehr kommt, kein Wort mehr von ihm, keine Umarmung mehr, nicht mal eine zum Abschied. Keine Chance, noch einmal über alles zu reden, keine Gelegenheit, ihm zu sagen, wie wichtig er mir ist und dass ich alles anders machen will als bisher, besser. Dass ich Joel endlich aus dem Kopf kriegen und mich irgendwie versöhnen will mit dem, was passiert ist. Dass ich einfach mit ihm zusammen sein will, mit allem, was dazugehört, und dass ich das jetzt endlich kapiert habe.

Irgendwann muss er doch mal abheben. Oder zu Hause sein. Irgendeine Möglichkeit muss es doch noch geben. Für uns beide.

Ines hat heute schon zwei Mal angerufen, ich sollte sie mal zurückrufen, aber im Moment bin ich einfach zu nervös.

Als ich vor Ennos Fenster stehe, ziehe ich mit zittrigen Fingern mein Telefon aus der Jackentasche und drücke die Anruftaste.

Bitte geh dran, bittebitte, heb ab, Enno, bittebittebitte.

Hallo, hier ist Enno, im Moment bin ich leider ...

Wie automatisch drückt mein Daumen noch einmal auf die Anruftaste.

Tuut, tuut, tuut ... Hallo, hier ...

Die Hoffnung, an die ich mich bis jetzt geklammert habe, zerbröselt mir zwischen den Fingern. Meine Hände fassen in meine Haare, ich registriere es wie von weit weg, lasse sie einfach machen. Drehen und ziehen und zerren.

Erst Joel, jetzt Enno.

Niemand bleibt mir, ich verliere sie alle.

Alle
alle
alle.

In meiner Brust wird es eng, und ich kriege Panik, als würde mir unter Wasser der Sauerstoff ausgehen und ich wäre noch viel zu weit von der Oberfläche entfernt.

Bitte, Enno, nicht du auch noch, bitte lass nicht noch mal alles von vorne losgehen, das mit dem Nichts-mehr-essen-Können und Nicht-mehr-schlafen-Können, bitte lass es nicht wieder so werden, bitte, Enno, rede doch wenigstens noch mal mit mir.

Wie ferngesteuert haste ich um die Ecke, stehe vor dem Eingangstor zu Ennos Wohnhaus, lasse die Augen über die Klingelschilder wandern. Ich bin so selten durch die Tür gegangen, dass ich kurz brauche, bis ich den richtigen Knopf finde. Dann drücke ich ihn.

Kurz darauf summt es, ich lehne mich gegen das Tor und stolpere ins Stiegenhaus. Rechts um die Ecke, dann bin ich auch schon vor der richtigen Tür. Die geht auf, noch bevor ich klopfen kann.

Aber da steht nicht Enno, sondern Ennos Mutter.
Ennos Mutter, nicht Enno.
Nicht
Enno.

Die Tränen sind wie aus dem Nichts da, sie rinnen mir aus den Augen, landen auf meiner Lippe, sammeln sich in meinen Mundwinkeln, salzig wie Meerwasser. Bitte, lass es nicht wirklich passieren. Lass es nur ein Traum sein, dass ich vor Ennos Mutter stehe und heule.

Aber es ist kein Traum und die Tränen laufen mir in unaufhörlichen Strömen übers Gesicht. Flut, auf die nie wieder Ebbe folgen wird. Sie tropfen auf die Jacke, tropfen auf die Hose, bilden wahrscheinlich schon eine riesige Pfütze auf dem Boden, eine Pfütze, in die ich abtauchen will, in der ich untergehen will, bis auf den Meeresgrund sinken. Dorthin, wo es ruhig ist und nichts mehr wehtut und man sich vielleicht begegnen kann, wieder begegnen nach langer Zeit.

Ennos Mutter ist vor mir, ist neben mir, ist um mich mit ihren Armen, ist so weich und warm und ... mütterlich.

Dann sitze ich am Tisch, und ihre Hand liegt auf meiner und streichelt sie, ein wenig verständnislos vielleicht, aber Ennos mütterliche Mutter, die weiß schon, was sie tut, die streichelt einfach und wartet, streichelt und wartet und fragt glücklicherweise nicht nach. Und ich stütze die Arme auf den Tisch und vergrabe das Gesicht darin, und die Tränen rinnen und rinnen und rinnen, eine Ewigkeit lang und dann noch eine weitere dazu, und werden irgendwann dann doch weniger.

Und weniger.

Und weniger.

Bis schließlich alles raus ist, was sich in den letzten Jahren angesammelt hat, bis das ganze Wasser den Staudamm überwunden hat, die Seite gewechselt, von innen nach außen, und ich wundere mich, dass um unsere Sesselbeine nicht das Wasser spült.

Und dann ist alles leer in mir.

Alles weg. Alles ausgeschwemmt.

Nur kurz taucht da der Wunsch nach dem rettenden Loch auf, das mich verschluckt und vor der Peinlichkeit der Situation rettet.

Aber da ist kein Loch, also muss ich da durch, muss um ein Glas Wasser bitten und mir ein Taschentuch aus der Box pflücken, die Ennos Mutter vor mich hingestellt hat. Ich rotze es voll, brauche noch fünf weitere, bis auch aus der Nase schließlich nichts mehr kommt. Unauffällig will ich die nassen Taschentücher in meinem Jackenärmel verschwinden lassen, aber Ennos Mutter nimmt sie mir aus der Hand und trägt sie zum Müll, oh Gott, ich werde ihr nie wieder in die Augen sehen können.

Keine Ahnung, was sie alles weiß oder nicht weiß, aber vermutlich reimt sie sich so einiges zusammen.

Dann trinke ich, ein Glas, zwei Gläser, spüre den überwältigenden Hunger und lehne nicht ab, als sie mir ein Stück Kuchen hinstellt, auch das zweite Stück nicht, trinke noch ein Glas Wasser und sage schließlich: »Danke für alles«, und: »Ich muss wieder los.«

Und Ennos Mutter bringt mich zur Tür, und es sind nur zwei Worte, die sie mir mitgibt, aber es sind die zwei hoffnungsvollsten Worte der Welt – sie lächelt und sagt: »Bis bald.«

segelflossengelb

Antonia ist noch nicht da, also lehne ich mich an die Mauer vom *Blauen Pfau* und klicke mich durch eine Flut von neuen Postings. In den letzten paar Tagen habe ich kaum nachgeschaut, aber offenbar eh nichts Spannendes verpasst. Wie üblich. Obwohl ...

Ophelia hat ein Foto von sich und Lenz gepostet. Kein Party-Absturz-Foto, sondern eines am helllichten Tag – sie und

Lenz, die Köpfe zusammengesteckt, beide himmelhoch jauchzend in die Kamera strahlend. Datum: heute.

Was bitte soll das denn jetzt?

Meine Finger fliegen über die Tasten:

sag mal, lenz, was genau machst du denn da mit ophelia? spazieren gehen und die wintersonne genießen? selfies schießen, weil ihr beiden gerade nichts besseres zu tun habt? oder ist dieses foto etwa nur gefaked?:-))

Kopfschüttelnd schmunzle ich in mich hinein und warte gespannt auf seine Antwort. Aber es kommt nichts. Wer weiß, was er in diesem Moment gerade macht. Na dann: Carpe diem, Lenz!

Eine Weile scrolle ich noch durch die Nachrichten, schließlich stecke ich das Handy wieder ein.

Die Vorstellung, morgen nach Hause zu kommen und wieder weiterzuschwimmen in meinem ewig gleichen Alltag, stimmt mich irgendwie deprimiert.

»Ich weiß, ich bin zu spät, tut mir leid.«

Ihre Augen sind klein und gerötet, als hätte sie geweint.

»Schon gut«, winke ich irritiert ab.

»Wollen wir?«, fragt sie hastig, lässt mir gar keine Möglichkeit, sie darauf anzusprechen, ob etwas nicht stimmt.

Also sage ich nichts, nicke nur und wir schlendern los. Ein paar vereinzelte Schneeflocken tanzen um unsere Nasen.

»Und?« Sie sieht mich neugierig an. »Hast du gestern Paulus getroffen?«

Ich schüttle den Kopf. »Fehlalarm.«

»Oh ... Ich war sicher, dass du ...« Sie bricht wieder ab.

»Wo wollen wir denn hin?«, wechsle ich schnell das Thema.

»Dorthin.« Sie deutet mit dem Arm. »Zu dem gelben Haus mit der roten Fahne davor.«

»Und was ist dort?«

»Wirst du gleich sehen. Aber warte ...« Sie bleibt stehen und wickelt sich ihr Tuch vom Hals, legt es sorgfältig zu einer Bahn und mir dann über die Augen.

»Nein«, stöhne ich, »bitte nicht!«

»Doch«, bestimmt sie und verknotet das Tuch an meinem Hinterkopf.

»Muss das sein?«, protestiere ich, aber sie nimmt einfach meine Hand und hakt mich bei sich unter. Mit unsicheren Schritten folge ich ihr. Zum Glück kennt mich hier niemand.

Wenig später biegen wir irgendwo ein, ich will mir das Tuch vom Kopf ziehen, aber Antonia ruft: »Halt! Noch nicht.«

Dann sagt sie: »Zwei Mal Schüler«, und eine Frauenstimme lacht. »Und das ist die blinde Kuh, oder wie?«

Wenn ich kein Spaßverderber sein will, bleibt mir nichts anderes übrig, als mitzumachen und nur unbemerkt unter meinem Tuch die Augen zu verdrehen.

Antonia greift nach meinem Arm und bedeutet mir, weiterzugehen. Sie manövriert mich so gut es geht zwischen den Menschen hindurch, aber hin und wieder remple ich trotzdem jemanden ein wenig an. Der Lautstärke nach zu urteilen, muss es hier vor Leuten nur so wimmeln.

Irgendwann wird es leiser. Und noch eine Spur dunkler unter meinem Tuch.

»Setz dich«, flüstert Antonia schließlich, ich taste nach hinten, spüre eine Bank, lasse mich nieder.

»Wir sind da.« Vorsichtig zieht sie mir das Tuch vom Kopf.

Ich blinzle.
Und dann schaue ich.
Und sehe unzählige Farben.
Wir sind im Meer.
Mittendrin.

Antonia klatscht begeistert in die Hände. »Überraschung gelungen!«
Ein echtes Korallenriff liegt vor uns, mit Hunderten bunten Fischen. Natürlich bin ich nicht zum ersten Mal in einem Aquarium. Als Kind konnte ich mich stundenlang damit beschäftigen, Fische hinter einer Glasscheibe zu beobachten. Aber es ist lange her, seit ich das zuletzt gemacht habe. Und zugegebenermaßen hätte ich auch nicht erwartet, dass es mich immer noch so begeistern kann.
»Ich mag die Seepferdchen«, sagt Antonia, »und diese kleinen Gelben, die heißen Segelflossen-Doktorfische.«
»Wieso Doktor?«
»Weil sie an der Schwanzflosse ganz kleine, spitze Klingen haben, wie winzige Skalpelle.«
»Ich finde die mit den Nasen witzig«, erkläre ich, »die sehen fast menschlich aus.«
Sie nickt. »Stimmt. Das sind die Nasendoktorfische.«
»Haben die auch solche Skalpelle am Schwanz?«
»Mhm.«
»Woher weißt du denn das alles?«, frage ich erstaunt.
Sie zuckt mit den Schultern. »Weiß ich eben.«
Dann schauen wir einfach stumm.
Zwischendurch kommen andere Besucher, stellen sich vor

die Scheibe, bewundern das bunte Treiben, sind dann wieder weg.

Die Stille, die Dunkelheit, das ziellose Schauen – mit der Zeit überkommt mich eine angenehme Müdigkeit. Antonia scheint es ähnlich zu gehen, denn sie lässt plötzlich den Kopf auf meine Schulter sinken.

»Weißt du was?«, flüstere ich. »Ich stell mir vor, dass das Meer unendlich viele Farben hat, solche, die ich noch nie gesehen hab, viel mehr, als es an Land gibt.«

Antonia hebt den Kopf und sieht mich erstaunt an. »Echt? Und wieso glaubst du das?«

Ich zucke mit den Schultern. »Weil ich mir die Unterwasserwelt einfach viel schöner vorstelle als die Welt über Wasser. Immerhin gibt es da unten keine Autos, keine Fabriken, keine Slums.«

»Aber dafür riesige Teppiche aus winzigen Plastikteilchen«, entgegnet sie dumpf. »Und außerdem gibt es keinen Wald, keinen Schnee, kein Müsli mit Zimt. Und keine Musik.«

»Es gibt Walgesänge. Die sind besser als jede menschliche Musik.«

Trotzig sieht sie mich an. »Wieso, bitte, sollte es da unten schöner sein als hier oben?«

»Weiß nicht«, gebe ich zurück, »ist nur so ein Gefühl. Ich kann es auch nicht erklären.«

Kurz zieht sie die Stirn in Falten, dann springt sie auf und läuft ein paar Schritte weg von mir.

Keine Ahnung, was an unserem Gespräch sie jetzt schon wieder verärgert hat. Es ist, als könnte jedes belanglose Wort die Bombe sein, die Antonia hochgehen lässt, und man weiß nie, wann es passiert. Und wie man sich dann verhalten soll. Ratlos sitze ich da, schließlich stehe ich auf und gehe zu ihr hin, lehne die Stirn gegen die Scheibe, genau wie sie.

»Weißt du, was ich manchmal denke?«, fragt sie und klingt wieder ganz gefasst. »Egal, ob die Welt unter Wasser jetzt schöner ist als die an Land oder nicht – ich glaube jedenfalls, dass sie so gewaltig ist, wie wir es uns niemals vorstellen können. Und die Menschen fühlen sich so erhaben und bilden sich ein, alles zu wissen und alles beherrschen zu können, aber in Wahrheit sind da diese Abermilliarden Lebewesen im Meer, die niemals einen Menschen gesehen haben, denen wir schnurzegal sind, weil für die unsere Welt hier überhaupt nicht existiert.«

Die Vorstellung, dass das Leben nicht dort aufhört, wo unsere begrenzte menschliche Wahrnehmung endet, und dass unsere alltäglichen Probleme winzig sind in Anbetracht des großen Ganzen ist irgendwie beruhigend. Genauso wie die Tatsache, dass es etwas vor uns gab und mit Sicherheit auch noch nach uns geben wird.

»Wie wichtig wir uns nehmen«, sage ich.

»Und wie viel mehr es gibt als das, was wir erahnen können«, fügt sie hinzu.

Vor meinen Augen flitzt ein kleiner schwarzer Fisch vorbei, nur seine Iris leuchtet rund um die Pupille weiß. Was der wohl denkt, wenn er uns hier stehen sieht? Wie die Welt wohl durch ein Fischauge aussieht? Cool wäre es, wenn man hin und wieder die Augen wechseln könnte, um einen umfassenderen Blick auf die Dinge zu kriegen oder auf die Menschen oder auf sich selbst. Ein bisschen mehr Fischauge und ein bisschen weniger Tunnelblick.

Antonia drückt die Stirn von der Scheibe ab und wendet sich mir zu. »Gib mir mal deine Hand.«

Zögerlich strecke ich ihr einen Arm entgegen, noch ein wenig misstrauisch wegen der Blinde-Kuh-Aktion von vorhin. Behutsam fasst sie nach meinem Handgelenk und dreht es so, dass meine Handfläche nach oben zeigt, legt etwas hinein und schließt meine Finger darum. Das Etwas fühlt sich kühl an. Sie sieht mich erwartungsvoll an und ich löse langsam die Finger. Ein kleiner Edelstein taucht in meiner Hand auf.

»Ein Aquamarin«, erklärt sie. »Ich hab recherchiert: Einer Legende nach stammt er aus dem Schatzkästchen einer Meerjungfrau. Er fördert das Selbstbewusstsein, hilft gegen Seekrankheit und beschützt beim Überqueren des Ozeans.« Sie lächelt mich warm an. »Vielleicht brauchst du ihn ja, falls du eines Tages doch noch ans Meer kommen solltest.«

»Danke«, flüstere ich, überrascht und gerührt davon, dass ihr wirklich etwas an mir zu liegen scheint. Dass sie sich längst nicht mehr nur deshalb für mich interessiert, weil ich zufällig ihrem Bruder ähnlich sehe.

»Kommst du heute Abend mit ins *Blue Cat*?«, will sie wissen.

Einen Moment lang denke ich an Paulus und frage mich, ob er heute wohl ins *Bel Étage* gehen wird. Oder aufs Winterfest im *Alten Schweden*. Aber selbst wenn, dann würden wir uns vermutlich sowieso irgendwie verpassen.

Ich sehe Antonia an.

»Okay«, sage ich.

wash, cut & go

Auf dem Heimweg stelle ich mir vor, wie es wäre, ein Aquarium in meinem Zimmer zu haben. Ich würde nur ganz wenige Fische reingeben, damit sie auch wirklich genug Platz haben. Vielleicht auch ein Seepferdchen oder zwei.

Nein. Blödsinn. Kein Aquarium.

Das Meer in einen kleinen Kasten einsperren, was für eine absurde Idee.

Ich ziehe mein Telefon heraus, halte es in der Hand und traue mich nicht, aufs Display zu schauen.

Schließlich tue ich es doch.

Ein winziger Blick.

Ein endloses Loch.

Nichts.

Kein Anruf, keine Nachricht. Nichts.

Augenblicklich verkrampft sich alles in mir, ich ringe nach Luft, aber meine Lungen wollen sich einfach nicht füllen. Japsend lehne ich mich an eine Hausmauer, spüre, wie meine Knie weich werden, die Fingerspitzen zu kribbeln beginnen und sich schwarze Punkte vor meinen Augen ausbreiten.

Ruhig atmen, Antonia. Ganz. Ruhig. Atmen.

Es ist Ennos Stimme, die da in meinem Kopf spricht. Er kennt das schon von mir. Er kennt schon so allerhand von mir.

Ich zwinge mich, langsam und flach zu atmen.

Nach und nach kehrt die Luft zurück und die Schwärze vor meinen Augen lichtet sich. Die Passanten eilen an mir vorbei, glücklicherweise scheint niemand meinen kurzen Aussetzer bemerkt zu haben.

Wenn ich daran denke, was Enno schon alles mitgemacht hat mit mir. Ich müsste zur unkompliziertesten Person der Welt werden und könnte trotzdem in hundert Jahren keinen Ausgleich schaffen zwischen uns beiden.

»Antonia?«

Oh Gott.

»Oh, hallo.«

»Alles okay mit dir?« Sinja blickt mich mit schief gelegtem Kopf an.

»Ja, ja, sicher.«

Wer ist dieser Typ neben ihr?

»Willst du zum Friseur?«

Friseur?

Ein flüchtiger Blick über die Schulter, hinter mir *Coiffeur Claire*.

»Äh ... ja. Genau.«

»Neue Haarfarbe?«

Ich lächle gequält. »Mal schauen.«

»Das ist übrigens Jan, wir studieren zusammen.« Sie sagt es bemüht beiläufig.

»Hallo«, grüßt Jan und hebt die Hand.

»Hallo«, antworte ich matt.

Dann sagt niemand mehr was und wir stehen betreten da.

»Okay, also, ich muss dann, ich hab einen Termin«, lüge ich, um diesem Trauerspiel ein Ende zu machen, und deute auf die Tür hinter mir.

Sinja nickt. »Schick mir dann ein Foto, ja?«

»Ein Foto?«

»Na, von deiner neuen Frisur.«

»Ach so. Ja, klar.«

Die beiden wenden sich zum Gehen, Jan hebt die Hand, Sinja sagt: »Bis bald.«

»Ciao.« Ich blicke ihnen hinterher. Versuche zu erkennen, ob sie sich an der Hand nehmen oder zumindest wie unabsichtlich mit den Armen aneinanderstreifen. Tun sie nicht, aber wahrscheinlich warten sie damit einfach, bis sie außer Sichtweite sind. Es ist auch so offensichtlich, was da läuft. Und in Wahrheit ist es ja gut, dass da was läuft. Gut für Sinja und gut für Jan. Und in Wahrheit würde es mir ja auch nichts nützen, wenn Sinja für immer der Zeit mit Joel nachhängen würde.

Hinter mir kommt eine alte Dame mit frisch gelegter Dauerwelle aus dem Friseur heraus, sieht mich und hält mir die Tür auf.

»Bitte sehr, junges Fräulein«, lächelt sie, und ich sage wie automatisch »Danke« und trete ein.

signalrot

»Simon!« Vero strahlt mich an.

»Hallo«, sage ich und freue mich ehrlich, sie zu sehen.

»Na, wie geht's dir?«, will sie wissen.

»Gut«, antworte ich, »ich war mit Antonia im Aquarium.«

»Ach, wirklich! Toll da, nicht wahr?« Ihre Augen leuchten, aber im nächsten Moment springt ihr Blick um auf verschwörerisch. »Uuund? Warst du gestern im *Bel Étage*?«

Ich nicke.

Fragend zieht sie die Augenbrauen hoch.

»Nichts«, erkläre ich. Was nicht stimmt, es war ja nicht nichts, nur eben kein Paulus da.

»Mist«, meint sie.

»Ist eigentlich gar nicht so schlimm«, erwidere ich und bin mir nicht sicher, ob ich das tatsächlich so meine oder einfach kein Mitleid will.

»Und was hast du heute vor?«

»Ich geh mit Antonia ins *Blue Cat*.«

Sie sieht mich nachdenklich an. »Das heißt, du gibst die Suche nach Paulus auf?«

Unschlüssig wiege ich den Kopf hin und her, nicke dann.

»Gute Entscheidung. Einem Mann und einer Straßenbahn läuft man nicht nach.« Sie kichert über ihren eigenen Witz.

»Übrigens –«, fällt mir ein, »ich wollte dir Bescheid geben, dass ich morgen nach Hause fahren werde.«

»Ooch ...« Sie zieht eine Schnute. »Schade. Du warst ein so angenehmer Gast.«

»Na ja«, beginne ich ein wenig verlegen, »am Montag fängt die Schule wieder an, da muss ich ...«

»Na klar, ich weiß schon«, fällt sie mir ins Wort.

»Wann muss ich denn morgen früh raus?«

Sie macht eine wegwerfende Handbewegung. »Bleib ruhig so lange, wie du willst, wir sind eh nicht voll. Und zahlen kannst du dann einfach direkt bevor du gehst. Ich bin bis Mittag da, danach kommt Fritz.«

»Okay, danke.«

Sie dreht sich zum Schlüsselbrett um. »Nummer sechsunddreißig, richtig? ... Warte mal, wieso ist dein Schlüssel ...«

Wie zur Erklärung ziehe ich ihn aus meiner Jackentasche.

»Ach ja, stimmt, du nimmst den ja immer mit.« Sie grinst.

»Als ich vorhin gegangen bin, war gerade niemand an der Rezeption«, verteidige ich mich. Es war tatsächlich keiner da, ich habe sogar einen kurzen Blick ins Hinterzimmer geworfen und nach Fritz' rotem Schopf Ausschau gehalten.

»Schon gut«, lacht sie, aber ich weiß, sie glaubt mir nicht recht und lacht mich ein bisschen aus. Auf eine liebevolle Vero-Art.

»Bis später dann«, sage ich und laufe die Stufen hinauf.

In meinem Zimmer reiße ich zuerst mal das Fenster auf, es mieft hier gewaltig. Dann sammle ich meine Kleidung ein, die überall verstreut herumliegt, und werfe sie auf einen Haufen. Aus meinem Rucksack krame ich die letzten frischen Sachen hervor und stopfe die schmutzige Wäsche hinein.

Danach ziehe ich mich aus, gehe unter die Dusche, ziehe mich wieder an, bin fertig.

Mit Antonia habe ich zehn vereinbart, jetzt ist es erst sieben.

Lenz hat mir immer noch nicht geantwortet. Wahrscheinlich traut er sich nicht, mir die Wahrheit zu sagen.

Um mir die Zeit zu vertreiben, tippe ich eine Nachricht.

hallo, viola, was tut sich so? morgen komm ich heim.

Mir fällt ein, dass Viola dann ja alles wissen will.

hey, simon, cool, dass du morgen kommst! ich bin seit gestern krank und zieh mir jetzt staffelweise serien rein. kannst dann gerne mitschauen, wenn du wieder da bist:-)

Ich muss lächeln. Dann schlucken.

Eigentlich schlimm. Da habe ich ständig das Gefühl, dass mein Leben nicht so läuft, wie ich mir das wünschen würde, dass nicht die richtigen Dinge passieren, mir nicht die richtigen Leute begegnen, dass alles blass und belanglos ist. Als wäre das Jetzt ein einziges Warten auf ein Danach, in dem alles erst so richtig beginnt, alles Echte, Wirkliche. Und dabei übersehe ich ganz, dass es da auch jetzt schon ein paar Dinge gibt, die mehr als nur okay sind, die eigentlich absolut gut sind. Dass ich Lenz habe, zum Beispiel. Und Viola. Und vielleicht bilde ich mir das ja auch nur ein, dass ich nirgendwo richtig dazu passe. Vielleicht sind wir in Wahrheit ja alle Freaks und bemühen uns nur krampfhaft darum, das voreinander zu verbergen.

Ich sauge die kalte Abendluft tief in meine Lungen. Noch mehr als zwei Stunden Zeit, bis ich losmuss.

Ziellos klicke ich mich durch YouTube-Empfehlungen, lasse mich von einem Video zum nächsten treiben, lande schließlich bei einem Tutorial über die richtige Zubereitung von Kugelfisch und bleibe hängen.

Als ich wieder auf die Uhr schaue, ist es halb zehn. Eilig greife ich nach meiner Jacke und stecke einen Geldschein ein.

Vero telefoniert gerade, ich klimpere demonstrativ mit meinem Schlüssel und lege ihn auf den Tresen, grinse sie dabei an, sie kapiert, grinst zurück und winkt mir hinterher. Vor dem Tor sehe ich in den Himmel und habe das Gefühl, dass es heute noch mal schneien wird.

Im Laufschritt trabe ich Richtung *Blue Cat*, komme an der Pizzeria vorbei, an der Bäckerei, am *Blauen Pfau*, wundere mich, wieso in dieser Stadt alles nach blauen Tieren benannt ist, passiere das Aquarium, den Kebap-Stand, die Straße, die Richtung Rosenhügel führt.

Und halte an.

Ich denke an Antonia und daran, dass es wahrscheinlich schon kurz vor zehn ist.

Zögere kurz.

Und biege dann ein.

Winterfest im *Alten Schweden*. Da geht die ganze Stadt hin. Das hat die Studentin in der Mensa doch gesagt.

Ich dachte ehrlich, ich hätte das Kapitel zugeschlagen, Ende der Suche.

Aber mein Körper pumpt wieder Adrenalin durch mich hindurch und meine Beine sind längst auf Rosenhügel programmiert.

Also doch noch nicht abgeschlossen.

Also doch noch ein Funken Resthoffnung da.

Also doch noch ein letzter Versuch.

Vielleicht hundert Meter vor mir leuchtet eine Fußgängerampel grün.

Wenn ich an der Kreuzung ankomme, bevor die Ampel auf Rot springt, werde ich Paulus vorm *Alten Schweden* begegnen. Er wird gerade die Tür öffnen und eintreten wollen, sich dabei aber für einen Moment halb umdrehen und mich dabei entdecken.

Sein Gesicht wird sich augenblicklich aufhellen und er wird rufen: Simon! Hey! Da bist du ja endlich, ich hab doch damals im Zug gesagt, dass du mich mal besuchen kommen musst, ich hoffe, du hast nicht geglaubt, das war nur so dahingesagt, und dir deshalb so lange Zeit gelassen?

Ich beschleunige volle Tube.

Er wird mit den Augen an mir hängen bleiben, kurz ein ratloses Gesicht ziehen, dann fragen: Wart mal, wir kennen uns doch, oder? Ja, werde ich antworten, wir haben uns irgendwann mal im Zug kennengelernt, du warst gerade auf dem Weg ans Meer. Und es so gleichgültig wie möglich klingen lassen. Ach ja, richtig, im Zug! Markus, oder? Ich werde den Kopf schütteln. Nein, Simon. Genau, Simon! Was treibst du denn hier?

Ich lege den Sprint meines Lebens hin.

Er wird mich ansehen, eine Sekunde lang mustern, sich dann wieder abwenden und das Lokal betreten. Ohne mich wiedererkannt zu haben.

Ich bremse scharf vor dem roten Licht.

Papierboote

Ines hält mich fest am Arm, trotzdem zittere ich wie verrückt.
    Alle paar Sekunden dreht sie den Kopf und starrt auf meine neue Frisur.
    »Wirst dich schon dran gewöhnen«, grummle ich.
    »Ich kann's einfach immer noch nicht glauben, dass du das wirklich gemacht hast! Das ist so cool, Antonia!«
    Dass meine Entscheidung nichts mit Coolness zu tun hatte, verrate ich ihr nicht.
    Flüchtig streiche ich mir durch die verbliebenen zwölf Milli-

meter auf meinem Kopf. Fühlt sich echt gut an. Nur, ob es auch gut *aussieht*? Das bezweifle ich. Was Enno wohl dazu sagen würde, wenn er noch mit mir reden würde?

»Weißt du, ob er heute auflegt?«, will Ines wissen.

Gedankenübertragung.

Ich schüttle den Kopf. »Nicht sicher.«

Wir machen große, schnelle Schritte, kommen richtig außer Atem, ich weiß nicht, wer wen antreibt, ich sie oder sie mich.

»Er wird schon mit dir reden. So einer ist Enno doch nicht, der einfach auf eingeschnappt macht und total abblockt. Das würde überhaupt nicht zu ihm passen«, versucht sie mich aufzumuntern.

»Ich weiß es nicht«, murmle ich, »ich weiß überhaupt nichts mehr.«

Ein paar Schneeflocken fallen vom Himmel.

Alles in mir drängt danach, ins *Blue Cat* zu kommen, und gleichzeitig fürchte ich mich unendlich davor. Vor lauter Nervosität ist mir so schlecht, dass ich glaube, die Lasagne, die ich vorhin in Sekundenschnelle verputzt habe, jeden Moment auf die Straße kotzen zu müssen.

»Kommt dein neuer Freund auch?«, erkundige ich mich.

»Welcher Freund?«

»Na, Mister Vorgestern, oder eigentlich Vorvorgestern. Wie heißt er eigentlich?«

»Er ist nicht mein Freund.«

»Nicht?«

»*Noch* nicht.« Sie grinst verschmitzt.

Wie gerne würde ich mir ein Stück von ihr abschneiden. Von ihrem Talent zum Glücklichsein.

»In welche Schule geht er denn?«

»Er studiert.«

»Oh ...« Überrascht blicke ich sie an. »Und wie ist er so?«

»Er ist groß, hat dunkle Augen, gepflegte Hände, eine coole Brille, einen echt guten Humor und ... ah ja, und eine Freundin.«

»Was?«, rufe ich und bleibe ruckartig stehen. »Ines, bitte sag, dass das ein Witz ist.«

»Kein Witz«, antwortet sie knapp und lächelt mich beinahe entschuldigend an.

Ich schüttle den Kopf. »Aber wieso tust du dir das an? Das kann ja nur ein Desaster werden.«

»Na ja, er ist aus England und für ein Jahr hier. Alleine. Ein Jahr ist eine lange Zeit. Warum sollte ich darüber hinaus denken?« Unbekümmert zuckt sie mit den Schultern.

»Im Ernst jetzt?«

»Antonia, ich bin siebzehn. Ich muss noch nicht die Liebe meines Lebens kennenlernen. Das kann ich in zehn Jahren immer noch.«

Wow. So habe ich das bisher noch nie gesehen. Dass man auch mit jemandem zusammen sein kann, um einfach Spaß zu haben, Sex zu haben, das Leben zu genießen. Dass man sich auch damit zufriedengeben kann, nur mit einem Teil von jemandem zusammen zu sein, während der andere Teil ein zweites Leben mit einer anderen Frau führt. Und das macht man dann so lange es geht. Und danach – tja, danach kommt eben was Neues.

Ich muss an die Papierboote denken, diese Tintenfischart, bei denen das Männchen einen speziellen Begattungsarm hat, den es einfach vom Körper abtrennen kann. Und dieser Penis schwimmt dann zu einem Weibchen und befruchtet es, während das Männchen nebenher ganz was anderes macht.

»Ich würde mir echt gern ein Stück von dir abschneiden, Ines«, denke ich diesmal laut.

Sie lacht und meint: »Ja, wir könnten ein paar Stücke tauschen, du hast auch einiges an dir, das ich nicht schlecht finde.«

»Echt?«, frage ich überrascht.

Sie nickt. »Klar. Zum Beispiel bewundere ich dich dafür, dass du so ganz du selber bist, ohne irgendwas darstellen zu wollen oder immer lieb und nett zu sein, damit dich alle mögen. Und ich find's cool, dass du dich so von deinen Gefühlen leiten lässt und es oft nur Kleinigkeiten braucht, um in dir ganz Großes auszulösen, egal ob große Begeisterung oder große Wut.«

Ich bin baff. »So siehst du das? Diese Eigenschaft finde ich fürchterlich.«

Ines schaut mich an. So behutsam, als wäre ich ein neugeborener Hamster. Ausnahmsweise nehme ich ihr das Wattegepacke heute nicht übel.

Dann nimmt sie mich in den Arm. »Antonia«, flüstert sie, »du bist nicht so schrecklich, wie du glaubst. Du bist überhaupt nicht schrecklich. Du bist, wie du bist, und ich bin nicht *trotzdem* deine Freundin, sondern genau *deswegen*.«

Ich bin sprachlos.

Und zittere.

Und drücke sie.

Und drücke sie so fest, bis sie anfängt zu lachen.

meerblau

Nach fünf Minuten da drinnen habe ich geahnt, dass Paulus sich niemals unter diese Horde grölender Studenten mischen würde, trotzdem habe ich fast eine Stunde lang Ausschau gehalten. Jetzt sitze ich auf einer Parkbank gegenüber vom *Alten Schweden*, mitten im ärgsten Schneegestöber, und friere mir den Arsch ab.

Ich sollte mich bei Antonia melden. Ich sollte aufstehen. Ich sollte losgehen. Ich sollte Paulus vergessen. Ich sollte an was anderes denken. Ich sollte nehmen, was ich kriege, und nicht immer auf etwas hoffen, das unerreichbar ist. Ich sollte auftauchen. Luft holen. Reden. Smalltalken. Aus mir herausgehen. Mich amüsieren.

Stattdessen sitze ich. Und sitze. Und schaue. Und warte. Und hoffe. Und friere.

Irgendwann hier fest.

Piep.

Mit klammen Fingern nestle ich das Telefon aus der Tasche, dabei rutscht der Stein von Antonia mit heraus und fällt in den Schnee. In der Dunkelheit finde ich ihn nicht sofort, taste und wühle danach, dann endlich spüre ich ihn. Erleichtert hebe ich ihn auf und umschließe ihn fest mit der Faust. Dann öffne ich die Nachricht:

du wirst mich nie wieder ernst nehmen, aber es ist, wie es ist. und es ist nun mal ophelia;-) wo die liebe hinfällt ...

Wo auch immer die Liebe hinfällt, auf mich fällt jedenfalls nur Schnee.

Genug jetzt.

Genug Schnee. Genug gewartet. Genug gesehnt.

Ich stehe auf, stecke Telefon und Stein in meine Jackentasche und klopfe mir energisch die weißen Flocken von der Kleidung. Schüttle damit die Hoffnung ab wie Sandkörner von einem Strandtuch am Ende eines langen Tages am Meer. Dann stapfe ich los und sehe nicht nach rechts und nicht nach links. Nur nach vorne, mitten hinein ins Weiß.

Als ich endlich beim *Blue Cat* ankomme, zwei Stunden später als verabredet, werfe ich einen Blick durch die Scheibe und versuche, Antonia irgendwo zu erspähen. Hoffentlich ist sie nicht sauer, weil ich so spät dran bin. In Wahrheit habe ich nicht die geringste Lust, da reinzugehen. Vielleicht sollte ich einfach zurück ins Hotel und mich schlafen legen und morgen nach einer traumlosen Nacht erwachen, in den Zug steigen und nach Hause fahren. Basta.

»Simon?«

Ich drehe mich um.

Meerblau ist der Moment.

Meerblau wäre er für mich, wenn ich ihm eine Farbe geben müsste.

SAMSTAG,
siebter Februar

Schilf

In den letzten zwei Stunden habe ich ungefähr hundert Kommentare über mich ergehen lassen.

Hundert ungläubige Blicke. Hundert gelogene Komplimente. »Wow, das steht dir ja echt super!«

Ich bin jetzt schon völlig kaputt, obwohl ich das Schlimmste noch vor mir habe: zu Enno hingehen und hoffen, dass er mich nicht ignoriert. Dass er mich nicht einfach vor dem DJ-Pult stehen lässt und tut, als wäre ich Luft. Bis jetzt hat er mich jedenfalls beharrlich übersehen. Jedes Mal, wenn ich zu ihm hinübergeschaut habe, hat er sich entweder ganz und gar auf sein Mischpult konzentriert oder gerade mit irgendjemandem angeregt geplaudert. Es scheint ihm blendend zu gehen.

»Ines, kannst du mal unauffällig beobachten, ob Enno manchmal zu mir schaut?«, jammere ich.

Sie schüttelt energisch den Kopf. »Geh hin, Antonia. Es bleibt dir ohnehin nicht erspart.«

»Ich weiß«, grummle ich, »ich geh nur vorher noch mal schnell aufs Klo.«

»Aber bleib nicht für den Rest der Nacht dort«, ruft sie mir hinterher.

Während ich mich durchs Lokal dränge, frage ich mich, warum Simon eigentlich nicht aufgetaucht ist, nicht mal eine Nachricht geschrieben hat.

Und dann, gerade als ich die Tür zum Gang aufdrücken will, passiert es. Ein paar Takte genügen, um meine Knie weich werden und in meinem Hals einen riesigen Klumpen wachsen zu lassen.

you're just too good to be true
can't take my eyes off of you
Die *Walk Off The Earth*-Version.

Vierter April. Kurz bevor Enno seine Platten eingepackt hat. Kurz bevor wir zusammen raus sind in den Schnee. Kurz bevor wir uns zum ersten Mal geküsst haben.

pardon the way that I stare
there's nothing else to compare

Ein Blick zu Enno. Er unterhält sich gerade mit einer, die ich nicht kenne, sieht eher aus wie eine Studentin, nicht wie eine Schülerin. Sie hat einen dunklen Teint und eine unglaublich tolle schwarze Lockenmähne. Verzweifelt greife ich mir in meine verbliebenen zwölf Millimeter. Die Frau lacht Enno an, Enno lacht die Frau an. Und boxt mir damit direkt in den Bauch.

Wieso spielt er diesen Song? Ist das seine Flirt-Masche? Hat er das bei allen Mädchen vor mir so gemacht und macht es jetzt bei allen nach mir auch? Oder will er mir einfach wehtun?

Taumelnd werfe ich mich gegen die Tür und stolpere auf den Gang hinaus zum WC. Erledige alles wie in Trance: Hose runter, Wasser lassen, Hose rauf, spülen, Hände waschen, Hände abtrocknen, am Waschbecken ein paar Worte mit Beate wechseln, an die ich mich zwei Sekunden später schon nicht mehr erinnere (ging es um meine Frisur?), wieder zurück durchs Lokal, neben Ines in die Couch.

»Und?«, fragt sie.

»Hast du vielleicht ein paar Drogen für mich?«

Ines verdreht die Augen. Dann packt sie mich fest am Arm. »Wir gehen jetzt zusammen zu ihm hin.«

Sie zieht mich hoch, schiebt mich vor sich her, lässt mir keine Wahl. Wir arbeiten uns in Richtung des DJ-Pultes vor, aber dann stellt sich uns plötzlich jemand in den Weg. Ines kriegt den Glitzerblick, lässt meinen Arm los und begrüßt den Typen vor uns überschwänglich mit Küsschen rechts und links auf die Wangen. Dann sagt sie »Antonia David, David Antonia« und deutet zwischen dem Mann und mir hin und her.

David mit ä.

»Nice to meet you«, sagt er und küsst auch mich zur Begrüßung auf die Wangen, und ich küsse zurück, bin ein funktionierender, freundlicher Roboter, und als die beiden zu plaudern beginnen, tue ich interessiert, obwohl ich in Wahrheit überhaupt nicht hinhöre, und als David eine Frage an mich richtet, lächle ich ihn nur weiterhin geistesabwesend an, sodass ihm am Ende Ines die Antwort an meiner Stelle gibt. Und in die ganze Szene hinein singen die *Eels* einen Song, den ich seit Monaten nicht mehr gehört habe.

I like your toothy smile, it never fails to beguile, ich lächle Ines' Lover an, und alles in mir weint, *whichever way the wind is blowing, I like the way this is going,* ich muss daran denken, wie Enno und ich auf den Fahrrädern den schmalen, holprigen Weg zum See runterbrettern, es ist mein sechzehnter Geburtstag, *I like the color of your hair, I think we make a handsome pair,* meine Haare flattern im Wind, und später werden sie so verfilzt sein, dass Enno sie mir Strähne für Strähne entwirren muss, *I can only see my love growing, I like the way this is going,* dann liegen wir in der Wiese beim See, verborgen hinter hohem Schilf, sehen uns am Handy Musikvideos an und trinken lauwarmes Bier, ich glaube, es ist der heißeste Tag des Som-

mers, *I like the way your pants fit, and how you stand and how you sit,* und ich liege auf dem Bauch, und Enno sagt, dass er meinen Arsch mag, dass das der beste Arsch ever ist, *whatever seeds that you're sowing, I like the way this is going, I like the way this is going ...*
    Alles um mich herum wird unscharf, ich höre nicht, was Ines zu mir sagt, merke nur, dass ihr Mund sich bewegt.
    Ganz langsam drehe ich den Kopf zu Enno.

Er lächelt.

Immer noch
   die andere
     an.

Ich muss hier raus.

lavaorange

Und wir gehen nebeneinander, und die Welt dreht sich schneller und ist runder als jemals zuvor, und auf unsere Köpfe fällt Schnee und unter unseren Füßen ist Sand – ja, es muss Sand sein, sonst würde ich nicht bei jedem Schritt kurz einsinken. Und käme jetzt jemand vorbei und würde mich fragen: Passiert das alles wirklich?, ich müsste den Kopf schütteln und sagen: Keine Ahnung, es ist beinahe zu unglaublich, um echt zu sein, wahrscheinlich fährt gleich ein Kamerawagen an uns vorbei, und jemand ruft: Schnitt! Aber der Wagen kommt nicht, und wir gehen immer noch, und es ist kein schwarzer Ledermantel, keine Alpakaweste und kein Retro-Anorak, es ist eine gewöhnliche braune Steppjacke, aber es sind dieselben löchrigen Schuhe wie im Sommer, und auch das Lächeln ist noch dasselbe, genau wie die zusammengebundenen Locken und die Funken, die dein Ellbogen ausschickt. Ein Dreitagebart ist dazugekommen, er steht dir, ich gehe neben dir her, und mir fällt auf, dass ich sogar eine Spur größer bin als du. Wir gehen und gehen zu dir, als wäre es das Selbstverständlichste der Welt, wir müssen nicht vorher noch in eine Bar, um es hinauszuzögern und uns Mut anzutrinken, nein, wir gehen einfach zu dir, denn die Art, wie du mich beim Namen genannt hast, hat alle Unsicherheiten ausgeräumt. Und irgendwann sperrst du die Tür auf und wir streifen unsere nassen Jacken ab und streifen unsere nassen Schuhe ab und du voraus durch die dunkle Wohnung und ich hinter dir her, lasse unbemerkt meine Finger deine Wände entlangstreifen, als müsste ich meine Marke auf ihnen setzen. Nirgends kleben Bilder, keine einzige Aufnahme durch die Fischaugen-Linse, also auch kein Foto von mir, aber egal, wen kümmert das jetzt. Du machst im Wohnzimmer eine Lavalampe an und dann Musik, im orangen Licht der Lampe kann ich deine Möbel erkennen, ich lasse meinen Blick durch den Raum schweifen und dann zurück zu dir und da ruhen deine Augen längst auf mir. Und an dieser Stelle fällt die Kamera, die in meinem Kopf sitzt und die Szene wie von außen filmt, plötzlich aus, Kurzschluss im Hirn. Und würde das alles nicht einfach von selbst passieren, ich wäre viel zu feige, es zu tun, aber es passiert, und ich bin nur noch irgendwo, wo man spürt statt denkt, bei deiner Zunge, deinen Körperwölbungen, deiner Haut. Deine Hände rutschen in meine Jeans, erst hin-

ten rein, dann vorne, ich kann die Geräusche nicht unterdrücken, es stöhnt einfach so aus mir heraus, und wenig später schlenkert mir die Hose um die Knöchel. Da ist kein Stoff mehr zwischen uns, kein Luftraum mehr, ich spüre den Boden unter mir und dann das Wahnsinnigste, das ich jemals gespürt habe, verschwinde in deinem Mund und nehme dich in meinen, die Grenzen sind mir abhandengekommen, die Fragen, die Anweisungen des Regisseurs schon längst, ich koste dich, ich lutsche und sauge, weiß dabei nicht mehr, wo im Raum wir uns befinden oder in welcher Position, aber ich spüre es brodeln, spüre den Druck, und dann
    explodieren
    und implodieren
    wir zusammen.

Geschirrspüler

In der Küche ist es ruhig, nur wenn die Tür aufschwingt und eine der Kellnerinnen mit vollem Tablett hereinfegt, kommen auch die Geräusche von draußen mit. Zum Glück sind diese Momente nie lang genug, um mitzukriegen, welche musikalischen Rosen Enno seiner Latino-Flamme noch so streut.

    Ich räume den Geschirrspüler aus und ein, schneide Baguette in Hälften, belege sie mit Mozzarella, Camembert oder Prosciutto, dazu Guacamole, Preiselbeermarmelade oder Joghurtsauce im Schälchen, dann noch Salat, Tomaten, Gurken und Nüsse daneben und zuletzt eine Physalis auf den Tellerrand.

    Und das alles dank Valerio, der mich abgefangen hat, als ich geradewegs zur Tür rauswollte. Der mir an der Bar zwei Tequila spendiert und dann gemeint hat, in der Küche bräuchten sie dringend jemanden zusätzlich, weil so viel los ist, dass keiner mehr hinterherkommt.

Ich weiß, dass Valerio mit Enno befreundet ist, gut möglich, dass Enno ihm alles erzählt hat und Valerio die Flut an Bestellungen zum Anlass genommen hat, um mich vom Weglaufen abzuhalten. Damit sich später vielleicht doch noch die Möglichkeit eines klärenden Gesprächs zwischen Enno und mir ergibt. So was wäre Valerio jedenfalls zuzutrauen. Nur weiß er noch nichts von Ennos neuester Angebeteten und dass Enno nicht die Bohne an einem Gespräch mit mir interessiert ist.

Meine Finger arbeiten flink, es ist stressig, aber ich habe alles im Griff. Vielleicht sollte ich fragen, ob ich fix hier anfangen kann, zumindest an den Wochenenden. Hier hinten gefällt es mir jedenfalls besser als dort draußen.

Gegen drei wird es schlagartig ruhig, Baguettes sind so gut wie nicht mehr zu machen, und beim Ausräumen der Spülmaschine poliere ich die Gläser sogar noch nach, damit mir nicht langweilig wird.

Ob Ines und David wohl noch da sind? Die Frau mit der wallenden Mähne jedenfalls ganz sicher. Freitags macht Enno immer um vier Schluss. Dann packt er seine Platten ein und zufällig sitzt sie dann noch an der Bar und dann ...

»Hey!« Eine der Kellnerinnen kommt herein, fischt ihre Geldbörse aus dem Gurt und streckt mir einen Fünfzigeuroschein entgegen. »Für dich. Und tausend Dank, ohne dich wären wir heute hier echt untergegangen.«

»Wow, danke«, erwidere ich und nehme etwas verlegen den Schein an mich. An Geld hatte ich überhaupt nicht gedacht.

»Also dann, ciao«, ruft sie und ist schon wieder draußen.

Ich lege das Geschirrtuch weg, streife die Schürze ab, greife zu meinem Mantel. Dann drücke ich die Küchentür auf, trete hindurch und warte, bis sie ausgeschwungen hat.

Jetzt, wo das beruhigende Brummen des Geschirrspülers fehlt, kann ich das nervöse Rumoren in meinem Bauch wieder hören. Unschlüssig stehe ich da.

Rein ins Lokal und Enno mit der Tussi erwischen?

Dann doch lieber der Hinterausgang.

Es hat aufgehört zu schneien, aber die ganze Stadt ist in einen dicken weißen Mantel gepackt.

Frierend überquere ich die Straße, steure kurz entschlossen auf das Buswartehäuschen zu und lasse mich auf der Bank unter dem Dach nieder.

Der nächste Bus fährt vermutlich um acht Uhr morgens.

Ich ziehe mein Handy aus der Tasche. Kurz vor halb vier.

Eine ungelesene Nachricht, von Ines um 01:31:

antonia?? wo bist du??

Unschlüssig kaue ich auf meiner Lippe herum.

Dann schreibe ich:

machst du das eigentlich bei allen frauen so?

Wenn innerhalb von zehn Minuten nichts zurückkommt, gehe ich nach Hause. Beschlossene Sache. Auf keinen Fall ertrage ich es, die beiden gemeinsam rauskommen zu sehen.

was?

Wow. Das erste Wort von Enno seit zwei Tagen.

diese flirt-masche mit den liedern
Drei Minuten lang keine Antwort. Heißt dann wohl: ja.
Dann doch ein Piep:
nein, nicht bei allen
du meinst also, nur bei denen, die du besonders scharf findest?
Prompt: *genau*
so wie miss bolivien
miss bolivien?
na, die mit der wallenden lockenmähne
ach, findest du die scharf? sie sitzt noch an der bar, ich kann dir ihre nummer besorgen, wenn du willst
sehr witzig
wo bist du eigentlich?
draußen. ich warte auf den bus nach bahrenfeld
hm, verdammt lange reise dorthin. und denkst du, der bus kommt in den nächsten zehn minuten?
gut möglich
kannst du dann bitte nicht einsteigen?
wieso nicht?

Keine Antwort. Mein Herz trommelt die ganze Nachbarschaft wach.

Ich sitze da und wippe mit den Beinen und beiße auf meinen Lippen herum und fahre mir immer wieder in die Haare, aber die lassen sich beim besten Willen nicht mehr eindrehen.

Nach Bahrenfeld im Bus, nach Bahrenfeld im Bus, nach Bahrenfeld im Bus ... Ich singe, werde immer schneller, fixiere das Display und glaube, mich gleich übergeben zu müssen vor Nervosität.

Und dann geht die Tür vom *Blue Cat* auf und er kommt raus.

Obwohl es noch nicht vier ist.
Mit Jacke und Tasche, fixfertig.
Und ohne Miss Bolivien an seiner Seite.
Er überquert die Straße, stellt die Tasche ab und setzt sich neben mich.
Mit Abstand.
Ich kriege kein Wort heraus, in meinem Bauch fährt jemand Karussell.
»Hab gar nicht gewusst, dass du das Lied kennst, *Nach Bahrenfeld im Bus*«, beginnt er schließlich und schaut mich an.
»Ist auf einer Playlist drauf, die du mir mal gemacht hast.«
Vogelkükenstimme. Zu wenig Luft in den Lungen.
Unmöglich, ihm in die Augen zu schauen, es geht einfach nicht. Ich öffne den Mund, ringe nach Atem, und dann kommt so was wie ein Schluchzen aus mir raus, das eigentlich eine Liedzeile sein soll. »Halt mich fest, ich glaub, ich ... brauch das jetzt.«
Und dann ist es nicht mehr so was *wie* ein Schluchzen, sondern ein richtiges Schluchzen, das mich schüttelt von den Schultern bis zu den Zehen. Und Enno rutscht näher, aber bevor er mich berühren kann, schniefe ich: »Du musst das nicht machen, nur weil ich heule, ich will auch gar nicht heulen, ich kann nur gerade nicht anders.«
Im nächsten Moment schließt er seine Arme um mich, zieht mich hoch auf seinen Schoß, drückt mich fest an sich und da werden die Tränen statt weniger nur noch mehr.
Und das, obwohl ich dachte, ich hätte seiner Mutter schon das ganze Tränenmeer vor die Füße gespült. Woher kommt jetzt schon wieder diese Flut?

Als ich irgendwann endlich mein Gesicht aus seinem Jackenfutter nehme, streicht er mir mit beiden Daumen über die nassen Wangen und sagt: »Ich hab dich noch nie weinen gesehen.«

Und ich antworte: »Ich kann das eigentlich auch gar nicht.«

Vorsichtig fährt er mir durch die Haarstoppeln. »Gegen das Zwirbeln?«

Außer ihm hat das niemand geschnallt. Mama nicht, Ines nicht. Nur Enno.

»Fühlt sich gut an«, lächelt er.

»Begleitest du mich nach Hause?«, frage ich.

Wir entwirren unsere Körperteile und stehen auf.

»Oder wartet Miss Bolivien drinnen noch auf dich?«

Er grinst. »Gut möglich. Aber vielleicht probiert sie's einfach bei Valerio.«

»Die zwei würden gut zusammenpassen. Und sie sprechen ja auch dieselbe Sprache.«

»Genau«, lacht er.

Und wenig später: »Du weißt aber schon, dass ich die Lieder nicht für sie gespielt habe.«

»Hast du nicht?«

Er schüttelt den Kopf.

»Etwa für ... Valerio?«

Lachend verdreht er die Augen.

Wir gehen Hand in Hand und hinterlassen Spuren im frischen Schnee. Ich versuche, ruhig zu atmen, sonst flippe ich aus vor lauter Glück und Erleichterung und kriege wieder keine Luft.

»Enno?«, sage ich irgendwann. »Wieso bist du eigentlich noch mit mir zusammen? Ich meine, wieso tust du dir das an?«

Er wirft mir einen verwunderten Blick zu. »Wie meinst du das?«

»Na ja, du weißt schon. Weil ich nicht gerade die geeignetste Person bin, um einfach Spaß zu haben, Sex zu haben, das Leben zu genießen.«

Er schweigt. Macht mich damit ganz hibbelig. Vielleicht habe ich seine Wiederannäherung ja missverstanden und er will keineswegs wieder mit mir zusammen sein.

»Auch wenn du es nicht glauben kannst, Antonia«, beginnt er schließlich, »aber ich mag dich. Ich hab mich in dich verliebt, weil du so witzig und mitreißend warst. Weil du so ansteckend lachen konntest wie niemand sonst und einfach geradeheraus gesagt hast, was du denkst.«

»Vielleicht war ich irgendwann mal so«, wispere ich, »aber von dieser Antonia von früher ist nicht mehr viel übrig geblieben.«

»Doch«, erwidert er, »diese Antonia bist du immer noch. Aber eben auch eine verletzte und manchmal zornige Antonia.«

»Na toll«, brummle ich.

»Na ja, was willst du denn hören? Hätte mich vorher jemand gefragt, ob ich mich in ein Mädchen verlieben will, das so eine Familiengeschichte mit sich herumschleppt wie du, das mich als ihren Freund verleugnet und keinen Sex will, dann hätte ich gesagt, nein, danke, ich verzichte.«

Was er sagt, ist wie ein Schlag in den Bauch. Obwohl er einfach nur ehrlich ist.

»Aber es ist eben so gekommen«, fährt er fort. »Und in manchen Momenten ist dieses Mädchen fürchterlich bockig, aber dann lacht es ganz plötzlich dieses umwerfende Lachen oder schreibt mir mit dem Finger Komplimente auf den Rücken. Oder schickt mir ein Nacktfoto von sich.«

Augenblicklich werde ich rot. Es ist Wochen her, dass ich ihm dieses Foto geschickt habe. Er hat sich bis jetzt nicht dazu geäußert.

»Weißt du, Antonia, manchmal würde ich dir echt gerne die Enno-Brille aufsetzen.«

»Die Enno-Brille?«

»Damit du dich mal durch meine Augen sehen könntest. Dann müsstest du dich nicht mehr wundern, warum ich mit dir zusammen sein will.«

Verlegen senke ich den Blick.

»Du-u? Enno?«, murmle ich in den Kragen meines Mantels hinein. »Wieso bist du eigentlich so ... wunderbar?«

»Bin ich gar nicht. Ich tu nur so, um dich endlich ins Bett zu kriegen.«

Ich ramme ihm meine Hüfte in die Seite und er schreit lachend auf.

Als ich die Haustür aufsperre, lasse ich seine Hand einfach nicht los, trete ein und ziehe ihn mit mir, er lässt es geschehen. Wir streifen Schuhe und Jacken ab, ganz selbstverständlich, ein Déjà-vu.

In mein Zimmer scheint das Licht der Straßenlaterne, kurz muss ich daran denken, was in diesem Schein vor zwei Tagen hier passiert ist. Davon brauche ich echt keine Wiederholung. Entschieden gehe ich zum Fenster, ziehe die Vorhänge fest zu und knipse die Nachttischlampe an.

Die Küchengerüche sitzen mir in allen Poren. »Ich geh schnell unter die Dusche.«

Enno nickt und ich husche ins Bad.

Duschen, Haare waschen, Zähne putzen. Im Vier-Minuten-Rekordtempo, dank der neuen Frisur. Ich wickle mich in ein Handtuch. Hoffentlich schläft Enno noch nicht, im sekundenschnellen Wegpennen ist er Weltmeister.

Aber er sitzt hellwach auf der Bettkante. »Kann ich auch?«

Als er weg ist, schmeiße ich das Handtuch über den Sessel und lege mich nackt aufs Bett.

Kurz darauf kommt Enno zurück, sein Kleiderbündel in der Hand. Er sieht mich an, lässt das Bündel fallen und legt sich zu mir. »Du weißt, dass ich das vorhin nicht so gemeint habe. Wir müssen heute wirklich nicht …«

»Ich weiß«, falle ich ihm ins Wort und beginne ihn zu küssen.

Irgendwann stehe ich auf, gehe zum Schrank und hole die Kondome aus dem Versteck. Reiße von einem die Verpackung auf, streife es Enno über und bin nur eine halbe Sekunde lang nervös, bevor er in mich eindringt.

Und dann überschreibe ich die alte Erfahrung mit einer neuen. Die nicht wehtut.

Und als ich in einem Moment die Augen öffne und unseren Körpern dabei zusehe, wie sie sich gemeinsam bewegen, und über diesen ungewohnten Anblick staune, da kapiere ich es endlich. Ich weiß nicht, warum ich es ausgerechnet jetzt kapiere und nicht schon viel früher kapiert habe, aber besser spät als nie: dass ich weiterleben darf.

Auch ohne Joel.

kaffeeschwarz

Zum zweiten Mal an diesem Tag erwache ich in Paulus' Bett. Nur, dass es mittlerweile hell ist. Und mich diesmal nicht seine Hand an meinem Hintern geweckt hat, sondern das Prasseln der Dusche.

Ich spüre hin, spüre, dass es sich anders anfühlt, zwischen den Arschbacken und weiter drinnen. Anders als vorher. Als hätten alle Nervenenden plötzlich auf Sehnsucht geschaltet, jetzt, wo sie wissen, wie das ist.

Ich steige aus dem Bett, schleiche zum Badezimmer und stehe davor. Schon wieder erregt.

Als die Dusche ausgeht, öffne ich die Tür einen Spaltbreit und erwische Paulus' Gesicht im Spiegel, mit Zahnbürste im Mund.

»Auch duschen?«, nuschelt er durch den Zahnpastaschaum.

Weiter als bis zur Brust gibt ihn sein Spiegelbild nicht preis.

Als er sich vorbeugt, um auszuspülen, schlüpfe ich schnell ins Bad und stelle mich hinter ihn. Er richtet sich wieder auf, lächelt mich im Spiegel kurz an, dreht sich dann zu mir um. Ich zwinge mich, ihm in die Augen zu sehen, anstatt mit meinem Blick tiefer zu wandern.

»Ich mach mal Kaffee, ja?«, meint er.

Und ist raus.

Meinen Ständer hat er einfach ignoriert.

Wie ein Idiot stehe ich da und weiß nicht, wohin mit meiner Lust. Und meiner Enttäuschung.

Nach dem Duschen trockne ich mich mit seinem Handtuch ab, schlinge es um die Hüften und putze mir notdürftig mit dem Finger die Zähne.

Als ich in die Küche trete, lehnt er fixfertig angezogen an der Spüle, in der Hand eine Tasse Kaffee. Ich komme mir unendlich blöd vor, mache am Absatz kehrt und suche im Wohnzimmer mein Zeug zusammen.

Schließlich stelle ich mich angekleidet neben ihn an die Spüle.

»Milch?« Er deutet auf die Tasse Kaffee, die für mich bereitsteht.

Ich nicke, er holt ein Tetrapack aus dem Kühlschrank, hält es mir hin und ich gieße die Tasse bis oben voll. Paulus trinkt seinen schwarz.

Aus dem Radio dudelt Musik, irgendein Happy-Sound, der so gar nicht zu der Schwere passt, die sich in den letzten paar Minuten plötzlich auf mich gelegt hat. Obwohl ich nicht mal so recht sagen könnte, warum.

»Damals im Zug, das war doch ein Song von *Colors of Water*, oder?«, fällt mir plötzlich ein.

Paulus überlegt. »Kann gut sein.«

»Und woher kennst du die Band eigentlich?«, will ich wissen.

»Ich kenne den Bassisten. Aber nur flüchtig.«

»Joel?«

»Ja, Joel. Genau.« Er sieht mich verwundert an.

»Woher kennst du ihn?«, hake ich schnell nach.

»Na ja«, beginnt er zögerlich, »ich hab ihn irgendwann mal beim Weggehen kennengelernt. Und ihn ... süß gefunden.« Kurz ruhen seine Augen auf mir. »Du schaust ihm sogar ein bisschen ähnlich, irgendwie.«

Er lächelt, ich will meine Arme um ihn schlingen und ihn küssen, traue mich aber nicht.

»Wir haben uns dann ein paarmal getroffen«, fährt er fort, »aber nur so, Joel hatte ja eine Freundin und war sowieso total straight.«

Er nimmt einen Schluck vom Kaffee. »Aber woher kennst *du* Joel?«, bohrt er nun doch nach.

»Ich kenn ihn nicht. Nur seine Schwester.«

»Ah. Hab gar nicht gewusst, dass er eine Schwester hat. Aber wie gesagt, ich kenne ihn ja kaum und wir haben uns nach einer Weile auch wieder aus den Augen verloren. Nur seine Musik höre ich noch manchmal, da sind ein paar echt gute Songs dabei.«

Er zuckt mit den Schultern, stellt seine Tasse in die Spüle und lässt Wasser rein. »Du, Simon, ich will jetzt nicht irgendwie drängen, aber ich hab um zehn was ausgemacht und müsste dann ...«

»Ja, sicher«, sage ich schnell und versuche, mir nichts anmerken zu lassen. Nichts davon, dass ich eigentlich gehofft hatte, wir würden zusammen was frühstücken gehen und dann zurück hierherkommen und dann vielleicht ...

»Und später«, frage ich wie beiläufig, »was machst du später noch?«

Er blickt mich an. »Na ja, ich ... Also, wie lange bleibst du denn eigentlich noch in der Stadt?«

Ich zucke mit den Schultern. »Wenn ich am Montag nicht in die Schule gehe, ist's auch egal.«

Er lächelt kurz, aber sein Lächeln ist nicht echt. Dann studiert er aufmerksam die Küchenfliesen.

Mein Magen zieht sich zusammen.

»Weißt du, Simon, es ist nur so, dass ich nicht sicher bin ...

also, ich meine, vielleicht erwartest du dir da jetzt mehr als ... na ja, du weißt schon, es liegen doch so viele Kilometer zwischen uns ...«

Kilometer? Na und?

Als er mir in die Augen sieht, schaffe ich es kaum, seinem Blick standzuhalten. Das war's dann also? Mein Herz fühlt sich an wie ein gehetztes Tier.

»Gibst du mir deine Nummer?«, fragt er.

Wie ferngesteuert rattere ich sie ihm runter.

Er lässt es bei mir klingeln, der Ton kommt vom Vorraum, aus meiner Jackentasche.

Ich stelle meine Tasse ebenfalls in die Spüle, neben die von Paulus.

Unsere Tassen sind sich näher als wir.

»Okay, dann ... dann geh ich jetzt«, murmle ich. Und kann nicht anders, als zu hoffen, dass von ihm doch noch eine Aufforderung zum Bleiben kommt.

Aber sie kommt nicht.

Also schlurfe ich in die Garderobe, mit Beinen, die plötzlich hundert Kilo mehr zu tragen haben, pflücke meine Jacke vom Haken, schlüpfe hinein, stecke die Hände in die Taschen.

Paulus ist mir gefolgt, steht mir jetzt gegenüber und fasst sich in die Haare.

Kann mir mal irgendwer sagen, wie ich damit leben soll, ihn wider alle Wahrscheinlichkeit gefunden zu haben und jetzt schon wieder zu verlieren?

Er legt eine Hand an meine Hüfte, zieht mich zu sich, küsst mich kurz fest auf die Lippen. Aber es ist ein Kuss, der nur so tut, als wäre er leidenschaftlich. Ich will den Moment zurückspulen und gehen, bevor es dazu kommen kann. Lieber gar kein Abschiedskuss als so einer.

»Wir hören uns, ja?«, sagt er.

Ich drehe mich um, öffne die Tür, verlasse seine Wohnung.

Und verlasse meinen Körper, der ohne mich zum Hotel geht, an der Rezeption um den Schlüssel bittet und oben in meinem Zimmer ins Bett fällt.

stromabwärts

Als ich die Augen öffne, ist es hell. Vermutlich fast schon Mittag.

Vorsichtig drehe ich den Kopf.

Da liegt er.

Mit dem Finger berühre ich eine der silbernen Perlen in seinen Haaren. Dann seine Unterlippe. Fahre sie entlang bis zum Mundwinkel.

Er öffnet die Augen halb, lächelt, macht sie wieder zu. Schlingt einen Arm um mich und zieht mich ganz nah zu sich.

Eine Weile dösen wir noch eng umschlungen.

Irgendwann nuschelt er: »Dann steht heute wohl das Kennenlernen deiner Eltern auf dem Programm, oder?«

»Mhm«, brumme ich schläfrig. »Wahrscheinlich versucht Mama schon seit Stunden, sich anhand der vorhandenen Indizien ein Bild von dir zu machen.«

»Indizien?«

»Deine Jacke und deine Schuhe. Und nicht zu vergessen die Socken, die du mir letztens geborgt hast. Die hab ich in die Wäsche gegeben, vermutlich hat Mama sie da schon gefunden.«

»Die waren sicher löchrig.«

»Ganz sicher.«

»Wird es ein Verhör geben?«, will er wissen.

»Keine Ahnung, ich mach das ja auch zum ersten Mal«, erkläre ich.

»Okay, na, dann mal los.« Er schlägt die Decke zurück.

»Du bist ja ganz schön motiviert«, wundere ich mich.

»Sowieso. Und außerdem hungrig.«

Wir ziehen uns an und gehen in die Küche, aber da ist niemand, nur jede Menge leckeres Frühstückszeug auf dem Tisch. Da hat sich Mama aber echt ins Zeug gelegt, um Enno zu beeindrucken.

»Keiner da?«, fragt er überrascht.

Ich zucke mit den Schultern und bin insgeheim erleichtert, dass mir das Kennenlerngespräch fürs Erste erspart bleibt. In den letzten Tagen ist schon genug Aufregendes passiert.

Als ich ihn schließlich am Gartentor verabschiede, fährt er mir wieder durch die Stoppelhaare. »Das macht süchtig«, stellt er fest.

»Tja, dann ruf einfach an, wenn du wieder Stoff brauchst.«

Er lacht, wir küssen uns und dann schlendert er davon.

Ich sehe ihm hinterher, reibe zitternd vor Kälte über meine jackenlosen Arme, laufe dann zurück zum Haus.

Und stutze.

In Papas Werkstatt brennt Licht. Ich gehe näher an das erleuchtete Fenster heran, spähe so unauffällig wie möglich hinein und entdecke Mama, die auf dem alten, abgewetzten Sofa sitzt. Sie bemerkt mich und winkt.

Was tut Mama hier? Sie ist fast nie in der Werkstatt. Hat sie in Papas Computer gestöbert? Und im Adressverlauf die Pornoseite entdeckt? Wird sie jetzt gleich *das* Gespräch mit mir führen, das Gespräch, in dem sie mir mitteilt, dass Papa und sie sich scheiden lassen?

Mit einem mulmigen Gefühl im Bauch trete ich ein. Mama lächelt und klopft neben sich auf das Sofa, ich gehe hin und setze mich zu ihr.

»Guten Morgen«, sagt sie und küsst mich flüchtig auf die Schläfe.

»Danke für das tolle Frühstück«, bringe ich gerade so heraus.

»Gern geschehen«, erwidert sie.

»Wolltest du Enno nicht kennenlernen?«

»Natürlich wollte ich das!«, ruft sie. »Aber ich dachte, ich lass euch heute noch in Ruhe.« Kurz streichelt sie über meine Hand.

»Ich bin so selten hier«, fährt sie dann fort und lässt ihren Blick durch den Raum schweifen, »viel zu selten.«

Ihr Tonfall klingt wehmütig.

»Und dieses Sofa!« Gedankenverloren streicht sie über den grünen Samtbezug. »Wenn du wüsstest, was dieses Sofa schon so alles gesehen hat!«

Gerade dass sie nicht sagt: Wenn du wüsstest, wie oft und wild wir es auf diesem Sofa getrieben haben!

Ich muss schlucken. Irgendwie klingt das alles nach Abschied. Als würde Mama ein letztes Mal die alten Erinnerungen an ihre Zeit mit Papa ausgraben.

Ihr Blick wird ernst. »Joel ist mal von diesem Sofa runtergefallen, da war er erst ein paar Wochen alt. Er ist auf dem Kopf gelandet und hat eine leichte Gehirnerschütterung davongetragen. Ich musste zwei Tage mit ihm im Krankenhaus zur Beobachtung bleiben. Es war schrecklich, ich hab mir solche Vorwürfe gemacht.«

Sie sieht auf ihre Hände. Schweigt.

»Als Mutter liebst du niemanden auf der Welt so sehr wie deine Kinder«, setzt sie irgendwann wieder an, »und trotzdem weißt du oft nicht, wie du es richtig machen sollst. Und es passieren dir blöde Dinge, und du machst Fehler, vielleicht aus Unachtsamkeit oder Angst, vielleicht aus Egoismus oder Ungeduld. Bei dir bleibt am Ende immer das Gefühl der Liebe. Aber wer weiß, bei deinem Kind wiegt vielleicht der Schrecken schwerer.«

Sie sieht wieder hoch, mir in die Augen, und ich muss mich zwingen, nicht woanders hinzuschauen.

Auf einen Schlag kapiere ich, welche Vorwürfe Mama sich macht, vielleicht jeden einzelnen Tag. Darüber habe ich überhaupt nie nachgedacht. Dass sie die Schuld für Joels Krankheit womöglich bei sich suchen könnte.

»Ich weiß nicht, ob ich irgendwas hätte anders machen können, damit das nie passiert wäre mit Joel. Ich weiß auch nicht, ob ein Tag kommen wird, an dem ich mich nicht fühle, als hätte jemand gewaltsam einen Teil aus mir herausgeschnitten. Alle großen Pläne, die ich früher für mein Leben, für unser gemeinsames Leben geschmiedet habe, sind unwichtig geworden. Ich hangle mich jetzt einfach von Tag zu Tag, von Moment zu Moment. Es ist schön, an Joel zu denken und zu spüren, dass irgendwas von ihm noch da ist. Oder mit Papa im Auto zu sitzen und Lieder zu spielen, die wir gehört haben, als wir gerade frisch verliebt waren.«

Sie streicht mir sanft über die Haarstoppeln. »Aber am allerschönsten ist es, *dich* glücklich zu sehen, Antonia.«

Die Tränen schießen mir so plötzlich in die Augen, dass ich sie nicht schnell genug zurückhalten kann.

Und dann rinnt der Strom schon wieder meine Wangen hinab, und Mama nimmt mich in den Arm, und ich muss mir eingestehen, dass ich auf dem besten Weg bin, zur Heulsuse des Jahrhunderts zu werden, und einfach nichts dagegen machen kann, einfach gar nichts dagegen machen kann.

»Trennt ihr euch, du und Papa?«, schniefe ich.

Mama hält in ihrem Streicheln inne. »Nicht dass ich wüsste«, sagt sie, und als ich aufschaue, liegt ein kleines, verwundertes Lächeln auf ihrem Gesicht.

»Ich mein ja nur, wegen ...«

Wegen allem halt.

»Wir trennen uns nicht, Antonia«, meint sie sanft, und ich bin froh, dass sie nicht nachfragt, wie ich überhaupt auf die Idee gekommen bin.

apfelgrün

Ich setze Schritt vor Schritt und zähle mit.

Eins, zwei, drei, vier ... siebenundsechzig ... einhundertneun ...

Die Stadt ist grau.

Die Häuser sind grau, der Himmel ist grau.

Der Schneematsch unter meinen Füßen ist grau.

Mein Zimmer habe ich geräumt, zurück bleibt nur mein Geruch im Leintuch. Später wird es jemand abziehen, in einen

Wäschesack stopfen und nichts von den Gedanken und Sehnsüchten wissen, die ich hineingeschwitzt habe.

Vero hat mir zum Abschied ein Bonbon aus dem Glas geschenkt. Ein grünes. Saurer Apfel.

Zum Glück hat sie nicht nachgebohrt, wo ich die Nacht über gewesen bin. Stattdessen nur vorsichtig gelächelt und gefragt: »Und? Hat sich dein Besuch denn nun gelohnt?« Ich habe hilflos mit den Schultern gezuckt und das Geld für mein Zimmer auf den Tresen gelegt. Sie hat es genommen und mir im Gegenzug einen gefalteten Zettel hingeschoben. »Komm mich doch mal besuchen in Sevilla.« Dann ist sie hinter dem Tresen hervorgekommen, wir haben uns umarmt und ich habe sie im selben Moment schon ein bisschen vermisst. Schließlich bin ich zur Tür raus, ohne mich noch mal umzudrehen.

Und das war's dann.

Ende der Geschichte.

Ende meines Besuchs in dieser Stadt.

Ich setze Schritt vor Schritt. Der Bahnhof taucht vor mir auf. In meiner Jackentasche piept es.

hallo, simon, wo warst du denn gestern? sehen wir uns heute?

Meeresgrund

Es tutet an meinem Ohr.

»Hey«, kommt ihre Stimme aus dem Telefon.

»Hey, ich wollte dir nur sagen, dass ich dir ein Foto geschickt habe.«

»Ich weiß«, erwidert sie, »du schaust toll aus. Aber ich nehme nicht an, dass du es wegen des Aussehens gemacht hast.«

»Nein«, gebe ich zu. »Es war eine spontane Idee. Vielleicht so ähnlich wie bei dir, mit den roten Haaren.«

»Ja.« Ich kann hören, wie sie lächelt. Und gleichzeitig versucht, die Tränen zurückzuhalten.

Unter den Fotos in Joels Schreibtischlade ist auch ein Kuss-Selfie von Sinja und ihm. Sie sehen glücklich und ausgelassen und inniglich verliebt aus, es ist das schönste Bild im ganzen Stapel. Ein perfektes Paar, könnte man denken und neidisch werden. Das Bild zeigt nichts von den Abgründen in ihrer Beziehung.

»Jan wirkt nett«, sage ich.

Kurz ist es still.

»Er *ist* nett«, meint sie schließlich.

»Macht er auch Musik?«

»Nein. Aber er macht kleine, witzige Animationsfilme.«

»Er ist sicher ein ganz anderer Typ als Joel.«

»Das ist er vermutlich und das ist auch gut so. Ich wollte Joel nicht ersetzen.«

Ich schweige.

»Ich vermisse ihn immer noch«, flüstere ich dann.

»Ich vermisse ihn auch«, sagt sie, »und vielleicht bleibt das auch so bis ans Ende meines Lebens. Aber ich denke, das ist okay. Und genauso okay ist es, trotzdem glücklich zu sein.«

Ich muss schlucken. Ihre Worte treffen mich tief, machen mich froh und traurig zugleich.

»Es stimmt übrigens nicht, was ich letztens behauptet habe. Also, dass ich keinen Freund habe. Ich bin nämlich mit Enno zusammen, schon seit zehn Monaten.« Es sprudelt plötzlich aus mir heraus. »Am Tag bevor Joel abgehauen ist, habe ich ihm von Enno und mir erzählt. Vielleicht wäre er nie gegangen, wenn ich nichts davon gesagt hätte, wenn ich ihm nicht das Gefühl gegeben hätte, dass ich ihn nicht mehr brauche.«

Hastig sauge ich Luft ein. Jetzt ist es endlich raus.

Sinja atmet geräuschvoll. »Er wäre gegangen, Antonia. So oder so.«

»Aber wieso hat er nie abgehoben?«, stoße ich hervor. »Ich hab ihn tausend Mal angerufen, er hätte doch abheben können, wenigstens ein einziges Mal. Und wieso hat er schließlich *dich* angerufen und nicht *mich*?«

»Antonia.«

Ihre Stimme streichelt mich durchs Telefon.

»Das Gespräch mit ihm hat keine zwei Minuten gedauert. Er hat mich kein einziges Mal beim Namen genannt, sondern nur wirres Zeug geredet, von seinem Palast am Meeresgrund und so. Es war absolut grauenvoll.«

Ich bringe kein Wort heraus.

»Sei froh, dass er mich und nicht *dich* angerufen hat«, fügt sie schließlich leise hinzu.

Die Tränen wollen schon wieder herauf, aber langsam muss endlich mal Schluss damit sein.

»Antonia, bist du noch da?«

Ich schlucke fest. »Vielleicht fahre ich hin«, sage ich und versuche, das Zittern in meiner Stimme zu unterdrücken. »Vielleicht in den Osterferien oder im Sommer.«

»Ja«, meint sie, »vielleicht ist das eine gute Idee.«

schöngrau

hallo, antonia, tut mir echt leid wegen gestern, es ist was dazwischengekommen, bitte sei mir nicht böse. ich bin schon am bahnhof, mein zug fährt in zwei stunden.

Während ich die Nachricht sende, geht eine andere ein.

Hallo, Simon. Können wir noch einmal reden?

Noch einmal reden? Wozu? Damit ich mich zum zweiten Mal an diesem Tag wie ein halb zerquetschter Käfer fühle?

bin schon am bahnhof, antworte ich knapp.

Ich komme hin, wartest du so lange?

Ich schreibe nicht zurück.

Es piept wieder.

muss noch kurz was erledigen, aber dann komme ich! fahr bloß nicht weg, ja? a.

Eigentlich will ich überhaupt niemanden mehr sehen.

Ich starre auf die große Anzeigetafel über meinem Kopf. Höre, wie die Lautsprecherstimme die Ein- und Abfahrt der Züge ankündigt. Beobachte, wie die Zugverbindungen Zeile für Zeile die Anzeigetafel hinaufwandern, wie die obersten verschwinden und unten neue dazukommen.

Ich denke nichts und fühle nichts. Keine Hoffnung, keine Traurigkeit, keine Sehnsucht, keine Wut.

Schließlich stehe ich auf, gehe zu einem der Fahrkartenautomaten und gebe mein Reiseziel ein. Krame ein paar Scheine aus meiner Geldbörse, will sie gerade in den Schlitz schieben – Und spüre plötzlich, dass jemand hinter mir steht.

Nah.

Zu nah für einen Fremden.

Ich drehe mich um.

Und mit einem Schlag sind alle Gefühle zurück. Die ganze Palette. Es reißt mir fast den Boden unter den Füßen weg.

Wie er da steht.

Seine Augen. Seine Locken.

Es tut überall weh.

Aber das sage ich nicht, stattdessen: »Ich wollte gerade.« Und deute mit dem Kinn in Richtung Bahngleise.

»Musst du sofort los?«, fragt er.

Ich zucke mit den Schultern, schüttle dann so halb den Kopf.

Der Fahrkartenautomat springt auf Neustart.

»Gehen wir kurz raus?«, schlägt er vor.

Vor dem Eingang zum Bahnhof wartet eine ganze Reihe Taxis, wortlos gehen wir an ihnen vorbei, bis der letzte Wagen hinter uns liegt. Als wir am rückwärtigen Ende des Bahnhofsgebäudes angelangt sind, gehen wir immer noch schweigend, schlendern am Bahndamm entlang, die Straße wird schmaler und schmaler, ist schließlich nur noch ein Weg, der nicht vom Schnee geräumt wurde.

Irgendwann biegt Paulus nach links ab, ich folge ihm, wir steigen Stufen hinauf, kommen auf eine Bahnüberführung. Der dünne, metallene Handlauf ist eisig kalt und schwankt bei jedem unserer Schritte leicht hin und her.

In der Mitte der Überführung bleibt Paulus stehen, stützt die Arme aufs Geländer, schaut auf die Gleise hinab. Ich stelle mich neben ihn und kann nicht anders, als dabei mit meinem Ellenbogen seinen zu berühren.

Unter uns fährt ein Zug durch, es dröhnt und quietscht, dann ist es wieder still.

»Damals im Zug, als wir uns begegnet sind«, beginnt Paulus, sieht mich kurz an, dann wieder nach unten, »da war ich gerade in einer Beziehung. Oder in einer Trennung, eigentlich. Wir hatten uns auf eine zweiwöchige Auszeit geeinigt, um uns darüber klar zu werden, ob wir noch zusammen sein wollten oder nicht. Ich bin zum Tauchen gefahren. Und im Zug, tja, da warst du.« Er lächelt mich an und streicht sich die Locken zurück. »Im Nachhinein habe ich es bereut, dass ich dich nicht nach deiner Nummer gefragt habe.«

»Du meinst, das im Zug, unsere Begegnung«, stammle ich, »die hat für dich auch was bedeutet?«

Überrascht sieht er mich an. »Es war doch vom ersten Augenblick an klar, dass da was ist zwischen uns.«

Dass da
  was ist
    zwischen uns.

Hätte ich das damals so klar gesehen, hätte ich nicht gezögert, ihn um seine Nummer zu bitten.

Ich schlucke. »Wie ging es aus mit deiner Beziehung?«

»Wir haben uns getrennt. Für ein paar Wochen. Dann waren wir wieder zusammen, dann wieder getrennt, dann wieder zusammen. So ist es das letzte halbe Jahr hin und her gegangen.«

»Und jetzt?« Die Vorstellung, dass letzte Nacht nichts weiter als ein kleiner, bedeutungsloser Seitensprung inmitten dieser monumentalen Lovestory war, lässt meine Knie zittrig werden.

»Es ist aus«, sagt Paulus leise, »und diesmal hoffentlich endgültig. Das kann so nicht weitergehen, es macht mich vollkommen verrückt.« Er lässt den Kopf sinken, knetet mit den Händen seinen Nacken. »Aber ich hab halt geglaubt, er ist meine große Liebe, deshalb war es so schwer, das Ganze zu beenden.«

Wortlos starre ich auf die Gleise.

»Das mit dir gestern«, fährt er fort, »das hat so ... so gutgetan. Endlich hab ich mich mal wieder richtig lebendig und glücklich gefühlt.«

Ich kann ihn nicht ansehen, die Angst, dass da noch ein Aber kommt, ist einfach zu groß.

»Es ist nur so, dass ich mich jetzt nicht gleich wieder auf was Neues einlassen will, noch dazu, wo ich das Gefühl habe, dass du schon dabei bist, dich in mich zu verlieben, während ich erst mal wieder zu mir finden muss.«

Was heißt *dabei*, ich bin längst Hals über Kopf verliebt.

»Ich könnte sagen, komm mich doch mal wieder hier besuchen, vielleicht stimmt dann der Zeitpunkt. Aber in Wahrheit kann ich dir nichts versprechen, und es wäre unfair, dich ...«

Den Rest des Satzes schluckt das Dröhnen des unter uns durchfahrenden Zuges.

Es ist furchtbar, Paulus' Worte zu hören.

Aber noch furchtbarer wäre es vielleicht, sie nicht gehört zu haben. Wahrscheinlich hätte ich sonst jeden Tag auf seinen Anruf gewartet. Und den Grund, weshalb er nicht anruft, bei mir gesucht.

Meine Augen folgen den Rücklichtern des Zuges.

Unsere Ellenbogen berühren sich immer noch.

Es ist komisch, aber obwohl Paulus gerade alle meine Sehnsüchte zunichtemacht, sind wir uns trotzdem nah, und ich spüre immer noch, *dass da was ist zwischen uns*. Und diesmal traue ich diesem Gefühl einfach. Auch wenn ich weiß, dass ich keine weiteren Hoffnungen daran knüpfen darf.

»Die Stadt ist grau«, sage ich.

Paulus sieht mich an. Dann lächelt er.

»*Schön* grau«, erwidert er, und ich weiß, dass er recht hat und dass sie immer so bleiben wird in meiner Erinnerung.

Diese Stadt, schön grau.

wasser*farben*

Mit dem Finger zeichne ich einen Stern,
direkt in die Schneedecke auf seinem Grab.
Und ich weiß, ich werde Muscheln mitbringen und Steine,
und vielleicht lege ich Wellen damit, eine Sonne und ein Boot.
Oder eine Gitarre.
Und Herzen. So viele, wie Menschen ihn lieben und vermissen.

Mein Zug müsste jetzt schon weit oben stehen. Suchend wandern meine Augen über die Zeilen der Anzeigetafel.
Und bleiben unerwartet hängen.
An einer Zugverbindung.
Einer Sehnsucht.
Einer verrückten Idee.
Ich denke nur zehn Sekunden lang nach.
Dann laufe ich zum Fahrkartenautomaten,
wähle das Ziel, stecke die Bankomatkarte ein und
drücke mir selbst die Daumen.
Es klappt.

Auf dem Fahrrad lege ich mir die richtigen Worte zurecht.
Aber die richtigen Worte gibt es nicht.
Joel ist tot.
Drei Wochen nach seinem Verschwinden wurde sein
lebloser Körper in Frankreich an den Strand gespült.
Tod durch Ertrinken, hat die Obduktion ergeben.
Ganz sicher werden wir wohl nie wissen,
warum er ins Meer gegangen ist.
Meine Mutter ist hingefahren, um ihn zu identifizieren.
Irgendwas von ihr ist nicht zurückgekommen von dort.
Irgendwas liegt noch am Strand, an der Stelle,
an der man Joel gefunden hat.
Und irgendwas von mir liegt dort vermutlich auch.
Ich werde hinfahren, obwohl ich mir geschworen habe,
nie wieder einen Fuß auf irgendeinen Strand dieser Welt
zu setzen.
Es tut mir leid, dass ich dir nicht
die ganze Wahrheit gesagt habe.
Wenn du lächelst, siehst du meinem Bruder wirklich
ein bisschen ähnlich.

Mit klopfendem Herzen steige ich ein,
gehe durch den Waggon
und finde einen Sitzplatz am Fenster.
Die Türen schließen, der Schaffner pfeift, der Zug rollt an.
Wie aus dem Nichts schießt mir die Erkenntnis ein,
dass mein Konto wahrscheinlich nur deshalb noch nicht
leer ist, weil mir meine Eltern Geld überwiesen haben.
Wann wohl der richtige Zeitpunkt ist,

um ihnen zu sagen, dass ich heute nicht mehr
heimkommen werde? Sondern erst in ein paar Tagen?
Ich greife in meine Hosentasche und umschließe
den Aquamarin, als müsste ich mich an ihm festhalten.
Er liegt ganz warm in meiner Hand.
Dann tippe ich eine Nachricht.

hey, antonia, ich bin schon im zug.
ich konnte leider nicht warten

nein!!!

tut mir echt leid ...

ich wollte dir aber noch
was wichtiges sagen

ich dir auch.
beim nächsten mal, okay?

wird es ein nächstes mal geben?

definitiv

versprich es!

ich versprech's!

du wirst mir fehlen

du mir noch mehr

alles gute!

dir auch:-)

Ich bin vielleicht fünfhundert Meter vom Bahnhof entfernt.
Trotzdem: zu spät.
Seufzend wende ich das Fahrrad und lasse mich die Straße
entlangrollen, es geht leicht bergab, ich muss nicht mal treten.
Keine Haare, die im Wind flattern und sich verfilzen können.

Kein Wetter zum Baden am See.
Trotzdem: *I like the way this is going ...*
Seltsam, wie manches sich ändern kann.
Dann, wenn man es gar nicht erwartet.
Da löst sich plötzlich ein Knoten, der so fest war,
dass man dachte, man kriegt ihn nie, nie wieder auf.

    Ich sehe mich wie durch eine Kamera, hier, im Zug sitzend,
auf dem Weg ans Meer. Die Kamera kommt von oben,
zoomt aus wie am Ende eines Films,
ich werde kleiner und kleiner,
bis ich nur mehr ein Punkt in der Landschaft bin.
Und dann: Schnitt ins Schwarz. Ende des Films. Final credits.
Und so ganz ohne Kamera von außen bin ich plötzlich
zurückgeworfen auf mich. Und auf mein echtes Leben.
Veros Zettel fällt mir ein, ich hole ihn hervor und falte ihn auf.
Da stehen ihr vollständiger Name, ihre Handynummer
und sogar Name und Nummer ihres spanischen Freundes.
Groß und in schönster, leserlicher Schrift.
Wahrscheinlich, um jegliche Missverständnisse auszuschalten
und mir eine Suche im Stile
der vergangenen Tage zu ersparen.
Und ein Stück darunter steht noch eine Nummer,
klein und krakelig und ein bisschen verschmiert,
und daneben, in Klammern: Fritz

Kuchen, Spazieren, Bett.
Auf diese Reihenfolge haben wir uns geeinigt.
Der Kuchen war die Idee von Ennos Mutter, der Spaziergang

mein Wunsch und das Bett hat Enno vorgeschlagen.
Aber erst, als seine Mutter außer Hörweite war.
Der Kuchen ist derselbe wie gestern, nur dass heute
wie durch ein Wunder Kirschen drin sind
und der Teig nach Vanille und Karamell schmeckt.
Kann es wirklich sein, dass das derselbe Kuchen
wie gestern ist?

Vielleicht lade ich Antonia irgendwann ein,
mich zu besuchen.
Vielleicht rufe ich Fritz eines Tages an und frage ihn,
ob wir uns treffen, auf halber Strecke, in einer Stadt,
in der ich noch nie war.
Vielleicht schlage ich Viola vor, dass wir im Sommer
zusammen durch Spanien trampen und Vero besuchen.
Und vielleicht wollen Lenz und Ophelia
dann ja auch mitkommen.
Vielleicht fahren wir aber auch nicht nach Spanien,
sondern gehen einfach zum Schotterteich schwimmen,
trinken Bier bei Lenz im Garten,
singen den gerade aktuellen Sommerhit mit
und besuchen auch mal ein Festival.
Und vielleicht küsse ich dort jemanden.
Und vielleicht sage ich irgendwann zu Lenz:
Falls du es noch nicht mitgekriegt hast,
ich steh übrigens auf Männer.
Und vielleicht wird es Zeit für mich, Farbe zu bekennen.
Und endlich mal der zu sein, der ich bin.

Und wir gehen ohne Plan und Ziel.
Einfach nur, um zusammen zu gehen.
Und seine Hand ist da.
Und ist warm.
Und ist die, die ich halten will.

c'mon, baby,
leave your keys
close the door and open
the zipper of the sea

dive in and swim
back and forth
up and down
and in between the lines
of this weird ocean
we call life

and all your faded hopes
and vanished dreams
will lose their weight
and float around
like fluorescent jellyfish

shining, sparkling, glittering
you don't have to wonder
just say: wow!

and maybe there's a hand
and maybe it's mine
and maybe you can hold it
and hold on to me

(Colors of Water)

Zitierte Lieder:

S. 201: Bob Crewe/Robert Gaudio:
Can't take my eyes off of you
Interpret: Walk off the Earth feat. Selah Sue
Album: How To Be Single: Original Motion Picture Soundtrack (2016)
Label: WaterTower Music

S.202-203, 233: Mark O. Everett: *I like the way this is going*
Interpret: Eels
Album: Tomorrow Morning (2010)
Label: E Works/Vagrant

S. 208: Dirk von Lowtzow/Arne Zank/Jan Klaas Müller:
Nach Bahrenfeld im Bus
Interpret: Tocotronic
Album: Es ist egal, aber (1997)
Label: L'age d'or

Ein Sommer, der alles verändert

Elisabeth Steinkellner
Rabensommer
Roman
Ab 14
Klappenbroschur, 202 Seiten
Beltz & Gelberg (82100)
E-Book (74610)

Seit Jahren sind Juli, Ronja, Niels und August beste Freunde, fast alles haben sie zusammen gemacht – wie Raben. Jetzt, nach dem Abitur, muss jeder für sich entscheiden, wie es weitergeht. Juli entschließt sich zu studieren, doch noch bevor es losgeht, verändert sich alles, Schlag auf Schlag: Niels, mit dem sie seit einem Jahr zusammen ist, macht mit ihr Schluss. August lüftet sein Geheimnis. Und Ronja geht nach London. Juli ist auf sich allein gestellt und muss ihr Leben, das ihr wie ein Haufen lauter kleine Schnipsel vorkommt, neu sortieren.

Hans-im-Glück-Preis 2014

www.beltz.de

Es ist meine Entscheidung!

Christine Heppermann

Frag mich, wie es für mich war

Aus dem amerikanischen Englisch
von Kanut Kirches
Klappenbroschur, 232 Seiten
Beltz & Gelberg (82360)
E-Book (82354)

Als Addie schwanger wird, entscheidet sie sich für eine Abtreibung – mit Unterstützung ihrer Eltern und ihres Freundes. Alles verläuft unkompliziert. Nach dem Eingriff bemerkt sie dennoch, dass Veränderungen in ihr vorgehen. Sie sieht bisher getroffene Entscheidungen in einem anderen Licht und bewertet sie neu. Ihre Erfahrungen, Wünsche, Geheimnisse und Gedankenexperimente schreibt sie nieder, mal ergreifend, mal witzig; in Dialogform oder in schnell dahingekritzelten Zeilen – aber immer sehr persönlich und intim. Addies Entscheidung verändert sie. Und sie verändert auch den Leser.

www.beltz.de